走向
田野…
■■■■

银的镇

陶江 著

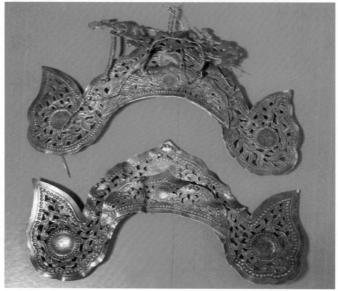

手工打制的银器：

乌纱帽（上图）、凤冠（下图）

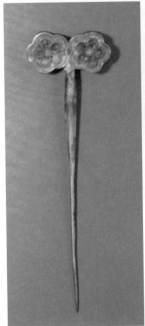

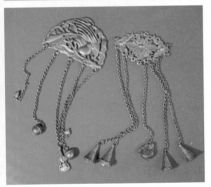

手工打制的银器：

八仙过海（左上图）

银锁（右上图）

插针（左下图）

吊坠（右下图）

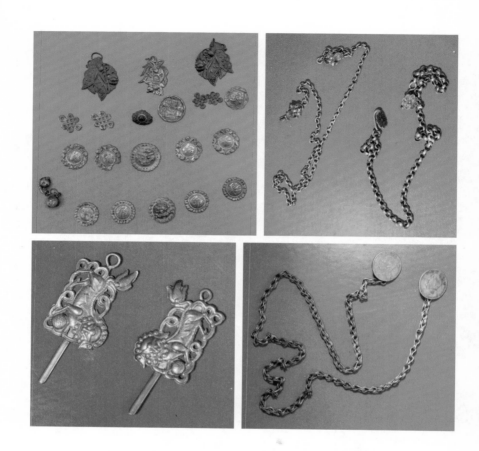

手工打制的银器：

娃娃狗头帽花（左上图）、银链羽（右上图）

茶凤冠（左下图）、围裙链（右下图）

熊庆茂和儿女们（上图）

滕光淮（下图）

余浩然在桂林（上图）

余仁麒在广西（下图）

目录

写在前面的话

　　岁月总把许多让人难以忘怀的往事沉淀进历史，成为传说，成为口口相传的神话故事。在遥远的星群里，石岗人的祖先，也许就是一个个凡夫俗子，甚至是贩夫走卒，也许他们的经历并不传奇，普通得再普通不过，全无经典可言。不过，这种民间的传承并不需要更多的文字记叙，也不需要载入史册，惊天动地，就那样祖祖辈辈薪火传承，只留下精湛的手工艺和那至今还存留于民间的金银饰品。或许这就是一个家族的谱序，或许这就是一个村子的功德碑。走过这个村，也许就没有这个店了。可它就是一个存在，就是那一座座实实在在矗立在村口的牌坊。跋涉的脚步移过一个年代，淡忘的尴尬翻过一页又一页，每一页都有它玉堂金马的章节，都有它春华秋实的盛誉。可是，农耕的辛苦，淡忘的岁月，文字记忆稀少，丢却了这份厚重，也遗失了历史。

　　我尽力在山水草木中寻找石岗的根，石岗银器的根。她就像这个地域每个村口生长的硕大香樟树样四季常青，千年不老，与这贫瘠的土壤做着生命的抗争，拼命地在石缝中汲取养分，得到养料的滋润，生长成参天的姿态。

　　石岗金银器之所以能有今天行销全国的非凡成就，就不得不把他放到江西历史上农耕文化传统的大背景下来考量。江西历史上就有"七分山水两分田，还有一分道路和庄园"的说法。这里土肥水沃，四季气候宜人，是先民们休养生息的好地方。稻作文化成就了大量的用于农耕的劳动工具，这些工具在实际生活中应用越来越广泛的同时，也在不断的使用过程中渐渐向实用、耐用方向靠拢。重金属、贵金属在各种领域的广泛应用，使江西的农耕文化朝前迈开了大大的一步。重金属的浇注技术、雕琢技术、打制技术，成为古时江右人生活的一个重要组成部分。作为这些技术的一个支点，金银器的打制技术开始进入佳境。

在讲究实用的同时，金银器也脱胎换骨，成为江西人生活的点缀。江西人爱美的本性把金银器打制技术推上登峰造极的地步。凭着人们的喉管子和一根铜管子，对着火运气吹管熔金化银，按照人的意愿进行打制，这个发明应该算是江西人的聪明之举。有着这样如法炮制的传承，有着这样精致的手工艺，这也应该是其时岁月的盛事了。世世代代敲敲打打，世世代代鼓着腮帮子吹金铄银，生活的艰辛没有让这样一个特殊的群体消亡，而是在传承中得到光大发扬。这个特殊群体经受着岁月的洗礼，聚散消弭、磨合维新，生活把他们打发在石岗这块土地上，成就着金银打制技术的今天。生活压在石岗人身上，由不得他们有过多的选择，由不得他们去衡量生命的孰重孰轻。尽管职业病的侵扰使这个地区成了肺病的流行区，但是，这并未能压制住他们向往财富的梦想和追求。老天在赐予石岗人特殊的遮身手艺的同时，也给他们带来过辛酸、痛苦以至灾难，石岗人坚韧的性格并没有改变这种追求。两者相比，取其重，石岗人无奈地选择了这个行当。

在封建社会里，三教九流七十二行，金银匠应该算是较为上等的艺门。石岗地区许多家族、家庭，都把子女前途的选择确定为做一名打制金银的出色管匠，当然，这其中除了它的技艺的高雅之外，也有财富追求的愿望。金银匠俗称管匠，以吹管而得名。匠人从小学艺，十几岁便入门入行。吃了一顿饱饭后，师傅交给你的，便是一根铜管子，每天吹气、换气、送气、运气，不得停歇，比学吹唢呐还难。吃这碗饭难，不少管匠谈到这一点时，都会动容，甚至形容入行的情景比要饭还难。当然，这只是他们宣泄心中的郁闷而已。真正拿捏这门手艺，一旦在社会上有了点名头，那种尊严、地位便日见升腾。乡里婚嫁酒席，金银匠是上首客，大家敬重的是金银匠的做工、金银匠的技巧、金银匠的奇艺。乡俗礼仪把金银匠的耳根捂热，乡俗的酒筵也把金银匠的地位推到一个新的高度，让他们坐上位子下不来。这样一种民间的推力，这样的表彰方式，促进了金银手工打制技术的飞跃。

探讨金银匠手工打制工艺传承的历程，是一种复杂而又痛苦的追忆。在漫长的岁月里，匠人间的互动既充满俗意，又多了些情义；既有可叹之处，又有动人和弦。私下里爱面子、撑门面的风气，让金银匠之间相互嫉妒、相互眼红，也相互切磋、相互交流，两者之间心照不宣。既隔了一层纸糊的墙，又多了几分亲情的扭结。日子就在这样矛盾的状态下度过。显然，在纠结的日子里也会有拆台、相互诋毁、打压，这些都是匠人之间交往的正常状态，没有这种暗比高低，没有这种心照不宣，甚至是动手动脚的攻击，就出不了好艺人，出不了好手艺，也就没有石岗手工打制金银器的今生今世。

每当我走村入户采访考察，这些匠人将他们珍藏的祖先留下的金银手工艺品让我欣赏品评，让我过眼时，我都禁不住眼睛为之一亮，心间为之一震。这些传世品的留存让我恍如隔世，说是神器也不为过。祖先留下的烙印，镶嵌进众多美丽的形象，衍化成为民间约定俗成的神祇。这些金银器，也似乎都在倾诉那些可歌可泣的岁月，剔透的光面仿佛映照出一张张黑黝黝的脸，正是这些早已逝去的面庞，用他们的德行，用他们的智慧，镌刻在金银器上，让这些器物重放异彩，散发着永不磨灭的光亮。

我由衷地赞叹这些不会说话的灵物，我更由衷地赞叹这群创造灵器的人们，是他们用自己的超强智慧，打制了器物的灵动，打制了金银器的特殊物语。特殊的山水养育了这样特殊的一个群体，其珍贵的敬业精神和不停进取的传承累世相继，香火的延续把这种技艺带到新的时代，带进了我们的生活。随着大工业、现代工业的革命创造，这些手工艺已经开始进入人脑的博物馆中，记忆的消退正在加速这种手工艺的消失。现代化、自动化、电子化的工艺手段，派生了更多的新奇物，但是，如果我们将这些手工艺品和现代金银工艺品同时放置一处，那种神奇仍然令人拍案叫绝。不可磨灭的精湛手工艺在比对面前得到了印证。

我是个乡土作者，也曾自诩对乡土有着深切的了解。但是，当我将身子沉入石岗的腹地，才发现自己腹中饥渴，才觉察自己的浅薄和无知，才知道自己的鼠目寸光。石岗手工金银器展现在我面前时让我无法自已，激动的情绪始终在胸臆中荡漾。我用心记录着每一个场景，用心留下每一行文字，成就石岗金银器的完美。

历史篇

　　江西的重金属冶炼史，犹如中药的药引子，牵引出古豫章（南昌）石岗地区的金银手工打制技艺，历史流淌的金银手工技艺，讲述着豫章许许多多的关于金属的故事。

　　金属打造的智慧之光，给江右这片神奇的土地生色。先人的创造成就了江西的金属冶炼制造技术，历史不会忘记那些填写文明的人们，不会忘记那些留给我们的厚重……

一、祖宗牌位下的祭品

在江之右，赣鄱之地，行走于乡村间一座座宗祠，每每让人产生一种肃然起敬的心绪。我走近祖宗的牌位，在江西人的行列中，寻找启智通愚者，寻找那些开基立业的先辈，寻找他们的足迹，寻找江西人发脉起源的路径。一个特殊的群体，一件件闪烁智慧光芒的器具，一套套充满灵气、术数的技艺，吸引了我的目光。打量这些千年有灵、万年不朽的"法器"，我想：这一辈子或许不能成就历史，但我可以记录历史，超越时代，从原始的生活中拾掇那些属于我生活过的这块土地上的灵物，去行使我的一份祭奠。我的眼眶湿润了。眼前老祖宗们传下的手艺、老祖宗们留下的器物，让我眼睛为之一亮。时光隧道传递的信息点燃了蛮荒土地的篝火，升腾起生活的希望。祖宗牌位擦拭干净后，经过重新装金、刷漆，油光锃亮。这或许就是这片土地的荣光，也是生活在这片土地上的人的骄傲。

栖身于江南腹地的江西，土肥水沃，山川秀美，景色宜人。独特的生活环境孕育了江西人的才智和聪颖，深厚的历史文化底蕴凸显了极其深厚的农耕文明。这种稻作文化和田野文化的完美结合使江西的民风淳、乡俗清。辛劳勤苦的江西祖先，用他们的双手，在红土地上，造就了江西的风云岁月。求变创新、进取拓展，江西在灵智的启迪中不断进步，不断发展。

江西地大物博，给生活在这块土地上的人们留下了丰富的

想象空间，如何战天斗地，如何改变自然，如何适应气候环境
赖以生存，这就给富于思考的江西先人提供了一个难得的机遇。
他们不断地在生活中迸发心灵火花，获得灵魂的洗礼，在生活
的一点一滴中寻找启发，酝酿灵感，得到一个个展现才华的智
巧。一个小竹篮，一片打火石，一个土窑陶罐，一块磨制小石
刀，都从原始的状态，走进了江西人的生活，走上了改变江西
人生存际遇的坦途。于是，在这些小打小闹的发明创造中，他
们试着在水和火中做文章，尽量发挥想象空间。于是，他们在
水边用硬石磨软石，为自己对付自然、对付天敌、收获食物寻
找和制造一些既原始又实用的工具，像石刀、石斧、石镞之类。
他们在自己挖好的小土炕中，堆上木炭，放上那些他们从河边、
山涧里、沟溪中捡来的天然块状矿石，用坩埚尝试着制造那些
耐用的家伙。他们可以用这些原始的工具去猎杀飞禽走兽，丰
富自己的饮食和生活，他们用铜盆、铜钵、铜釜之类盛具来煮
熟肉类，留存食物。正是这种不断的进化，使得江西人开始摆
脱原始，得以从"三苗"的土著状态，寻找到一种新鲜的文化
气息。江西人的祖先开始在自己烧造的器具上留下属于他们那
个时代的痕迹，雕刻或者绘制他们所认定的记事符号，在铜器上、
银器上，骄傲地"舞文弄墨"，潇洒而飘逸地嵌上他们所认定的
原始象形文字。也正是这种连贯性的智慧聚焦进程，使得江西
人的祖先三苗溪族成了江南青铜帝国的缔造者。

　　文字的妙用使江西人的祖先受到了文明的启迪。他们开始

用自己的经验传授后来者，将自己的积累和自己的哪怕是丝毫、些微的成就毫无保留地，传给自己的儿孙。正是这种传授，使江南结下了教化的硕果。江西在大自然的流变中，又开始了新一轮的拓展。

历史既造就了江西先人，也造就了他们的生活，每一个对生活细节的新发现、新察觉都在心有灵犀一点通的瞬间，成为擦亮心灵火花的新亮点。尽管历史没有给江西的古老历史留下更多的文字记载，也没有在迈向现代文明之前那样与中原文化比翼齐飞，但是，新干大洋洲出土的青铜器让许许多多的历史学家开眼。江西的青铜文化史开始被改写，也翻开了新的一页，这一页的厚重让人们叹为观止。

江西其实是一个神秘莫测的地方，有像鄱阳湖这样大水汪汪的盆地，又有庐山那样突兀独立苍穹的山巅，造物主的功力出神入化，给了我们异常广阔的想象空间，先人独有的生活场景映现在面前。铜器的使用、瓷器的使用、陶器的使用，令人崇拜得五体投地的成果无不闪烁着江西先人的智慧。尽管洪水和雨水浸漫了无数先人的足迹，蜕变了无数先人留存的纸页、丝织品、木饰，风化了无数的石雕、砖雕，但是，留存下来的不朽佐证了那远去岁月的繁盛。仁慈宽厚的造物主无法创造大地上的真实空间，却灌输给江西先人特有的灵慧，而这些灵慧又让江西人在自己的生活中创造出生存的奇迹。历史太让人捉摸不透了。生活的灵感让我们的先祖，那些生活在湖与山之间的一群人，写出了普叙人间命运的华章。江西地方既适宜人居住，更适宜人的创造，感谢我们的祖先，选择了如此秀美的山水，置身其间，自寻生计，自得其乐，享受着山水的风光无限。

生生不息的传递和接力，把智慧凝结成一个大花蕾，人们在击鼓传花，做着一个永不停歇而又严肃的游戏。在激情冲动下打制的器皿开始丰富家居，屋子中的点缀物并不仅仅局限于王侯将相独享其成，渐次飞入寻常百姓家。递接运动是一个漫长的过程、循环往复的衍变，使每个人都成了生活配角，那些属于"知识"范畴的创造发明毫无保留地传承递转，同时也开始把人的活动层次渐次提高，开始出现关于人的等级的层次排列。这就是历史，这就是传统意义上的因循。跪拜先生为师，听起来似乎是一种门派局限，但他所包涵的意义，远远超出了师徒关系的界线，成为我国传统文化的一个重要构件。

传承是虔诚的跪拜，也是香火的燃烧，神位前的庄严肃穆，加剧了后代宣誓的力度。领教学问，心受熏陶，聆听与歌颂把前人的技艺捧抬于经典。祖宗的泽被成就了流金溢彩的岁月。祭祀既是告慰，又是牵动灵魂行走的坐标。天老了，地老了，人的情感不老，从家庙族堂走出，人们沐浴圣光，在净化的意境享受灵魂的洗礼，行走永无停歇，黄道乐土带给人以无限的遐思。愿望在默默的祈祷中随着烟火的升腾，幻化成图腾的盛景，天远了，心近了；神远了，灵智近了。当神桌上的供品出现了艺匠们构造的灵品，那些闪着智慧之光的器物，取代果蔬而成为尖端的祭品。祖宗牌位也被香火映照得通红透亮，人间奇巧在精明的先祖面前成为一种炫耀。

这或许就是祖宗牌位所享受的最好的回报。

说到这铸铁铸铜，我们又不得不回过头来叙述江西的铸冶史。资源丰富是先决条件。

丰富的金属矿藏资源，给江西的金属冶铸业发展打下了扎实的基础。远在商代，江西就具备了当时较为先进的青铜冶炼技术。到了春秋战国时期，青铜冶炼技术已经达到了相当的火候，铸造出不少精美耐用的青铜器物，尤其是百越人的铸剑技术更是达到了炉火纯青的地步。江西出土了不少锋利宝剑，如清江观上战国墓出土了一柄战国早期的铜剑，剑格上铸有饕餮纹，便是其时江西地区具有先进的铸剑技术的明证。

历史风云变化莫测，潮涨潮涌的楚文化时期，楚人的青铜剑铸造技术水平有了较大提高，一种难得的宝剑便是其时楚人铸造的"双色剑"。这种宝剑由含锡成分不同的铜分别铸成，其冶炼铸造过程繁复无比：先用含锡少的铜铸成剑脊剑茎，再用含锡多的铜在已经铸好的剑脊剑茎上镶铸剑蜡。由于含锡少则铜质柔韧，含锡多的铜质脆硬，整个铜身因之颜色不同，故这种"双色剑"中柔外刚，锋利又不易折断。这种剑楚地出土较多，是楚国冶铜技术发达的有力佐证。

到了春秋战国时期，铁器开始出现并在民间广泛使用，因此在当时，除了青铜冶铸技术有了发展外，还出现了铁冶铸技术。江西出土的最早铁器，年代可以追溯到春秋战国，如九江磨盘墩上层遗址、大王岭遗址上层、武宁毕家坪遗址等都出土过这一时期的铁器及残件，但这个时期的铁器数量还很少，器类也只有凹型锸等小型农具和锛、斧一类手工工具。此时，冶铁技术刚刚产生，因而器物和器形都比较原始。到了战国中晚期，江西也和全国其他地区一样，铁器大量进入人们的生活中，各种器物如雨后春笋般冒出，不仅数量上不断增多，地域分布也更加广泛，而且冶铁水平也已发展到铸铁阶段。如清江观上战国遗址中出土的一件铁质斧范，就是这一时期铸铁器件的精品。

春秋战国时期的人们，为了提高铸铁的炉温，便想到了以木炭生火，用皮囊鼓风，提高炉内温度，把铁矿石熔化，然后注入先置好的铁铸型范中，用不同模型的范浇铸不同型制或各种不同的铁器。由于冶炼铁技术的提高，当时不仅能炼出比较好的铁，而且还开始炼钢。在新干界埠战国粮仓遗址内的纵沟里发现两把完好的铁斧，据专家测定，铁斧的刃都含钢，这种铁斧自然比纯铁的斧更加坚硬锋利。这些事实都充分证明，江西地区在春秋战国时期不仅冶铸铜的技术达到全国先进水平，冶铸铁的技术也进入全国先进行列，这是江西对我国铸铁业发展的又一突出贡献。

到了汉代，江西的采矿业、冶铸技术以及铜器的制作都有了明显进步。

江西蕴含丰富的有色金属矿藏，自古以来就是有色金属矿的著名产地。西汉设立豫章郡后，史籍明确记载了江西地区的采铜铸钱。据《史记·吴王濞列传》记载：刘濞上任后便招收天下亡命者铸钱，以至豫章地区成了富饶的地方。历史的记载与民间的传说相映照，在南昌也流传着南昌市郊西山即为吴王铸钱的场所的说法。汉初朝廷准许郡国各自铸钱，吴王因此便在豫章铜山大肆铸钱，以致"吴、邓钱布天下"，成为全国最大的铜币生产地之一。吴王刘濞正是得会稽、豫章等郡之富饶，铸铁煮盐，冶铜造钱，获取暴利，因而可以不向百姓征收赋税，国用饶足。所以当朝廷下令要削吴之会稽、豫章郡时，刘濞恃其雄厚的经济实力，公开举起叛旗，招来杀身之祸。江西有丰富的铜矿资源，采铜冶铸历史源远流长，至汉代已具一定规模。宋时天下铸铜钱有四监，江西就有两监：饶州（今江西波阳县）的永平监、江州（今江西九江市）的广宁平监。

除铜矿开采冶铸外，豫章地方还进行黄金开采。《史记·货殖列传》载："豫章出黄金。"张守节正义："括地志云：江州浔阳县有黄金山，山出金。"雷次宗也在《豫章记》一书中谈到江西的富足时描述了这种盛况，金属富藏，其资源不仅自用，而且提供给周围地域使用。

汉代江西的铜器制造水平，较之前代有较大的提高。现今江西各地发现的汉墓中均有铜器出土，数量可观，种类繁多。有鼎、钟、钫、盉、熏炉、博山炉、酒樽、镜、灶、釜、盆、碗、带鐎、俑、印章、剑、矛、刀、戟、镞等，达数十种之多。礼器、兵器、工具、生活用具，应有尽有。和前代比，墓葬中礼器的数量、种类逐渐减少，生活用品和工具大为增多，且新出现了钫、博山炉和熏炉。前后相比较，后汉墓葬中铜器较前汉少，礼器更少，主要为铜镜和铜钱。铜器的工艺制作技术也已达到较高水平。如南昌塘山东汉墓中出土的一只铜提梁壶，其肩腹部饰有凸弦纹，腹侧铸铺首，提梁把两端呈龙水状，分衔壶链，制作精致，具有较高的手工艺技术水平。最具代表性的是铜镜的制作，有草叶纹镜、星云纹镜、昭明镜、日光镜。不但铜质好，铜锡比例恰当，而且铸工精细，在地底下埋藏近 2000 年，出土时仍光泽照人。特别是日光镜，镜面光亮，在阳光和聚光灯的照射下，可在墙上反映出它背面的铭文和图像，人称"透光镜"，西方人誉之为"魔镜"。至东汉，铜镜的制作水平有进一步的提高，镜面微微鼓起，扩大了映照面。中叶以后，还出现了一些高浮雕花纹，有人物、神仙、禽兽等内容，称画像镜或神兽镜。这都充分显示了江西先民高超的铜器工艺制作技术。

把石岗手工制作金银器的历程放到江西冶铸史的大背景下闪回，就让我们理顺了头绪，看到了脉络，也让我们多了几分遐思。历史总是在这样界线不甚明晰的范畴做着理想的传承。

漫长的岁月里，江西人用他的创造成就了一个金银王国，他所维系的富庶，把金银的功用神化，也把手工打制金银这门手艺演变为高深的学问，从这一点讲，石岗人功不可没。

二、南昌之物宝天华

西汉大将灌婴所向披靡，率大军水陆并进，浩浩荡荡，直指豫章。

他伫立船头，腰佩长剑，英姿勃发，指着位于赣鄱交会处的偌大一片草墩，大手一挥："屯军！"随后跳下船舷，大步流星，行进于草滩洲头。双目炯炯，如电似火。战袍挟着雄风，卷倒枯草一片。他驻足于土墩，横扫枯荣，搭起凉棚，抬眼四周，随后，将宝剑朝地上一插，长长吆喝一声："动土！"

于是，豫章古城就以灌婴寰宇宝剑所插的位置为原点，向四周延展，开始了造城运动。人们在这宽大的土墩上，挖出一个个铸炼金属的土坑，将一坨坨各种铁砂石熔化成通红的铁水，于是，铁锹铸出来了，铲子铸出来了，筑城的工具发给了每个将士和生活在土墩上的原住民。灌婴点上一炷香，朝东跪拜，先祭祀土地神。众将士和百姓依序而列，刷拉拉跪倒一大片，主祭的参将念动咒语："伏羲，助我天风，佑我子民，动土成城，固若金汤。"

众将士和百姓齐声高喊："威武！威武！"声震长空，在草洲上久久回荡。

后来，有传说，灌婴舞动手中的宝剑，祈祷天地诸神，得到天宫玉帝的首肯后，灌婴得意至极，于是，他将宝剑往半空一抛，只见寒光闪处，宝剑似得神助，自龙沙夕照处往东而行，循南至青云谱，最后在滕阁秋风中落笔，划出一个稍带长方形的圈圈来。

灌婴将手中的铁锹深深地挖进豫章的泥土中，率先垂范，辛苦的筑城进程一刻也不肯停歇，率领众将士和城里城外子民，用那铁锹铁铲硬是堆积起一座土城来。

于是有了"昌大南疆"之说，有了城神"灌婴"之说。

灌婴的行止给南昌带来的不仅仅是一座城池，更重要的是他用通红的铁水昭示了日月的更替、岁序的更新。生活在这片土地上的土著和子民，得了真传，启智通愚，有了遮身的手艺和先进的劳动工具。于是这片草洲山清水秀，鸟语花香，树碧草青，垛城巍峨，市井繁荣，成了安居的福地。人们开始尝试着劳动工具之外的创造，陈设品、装饰品、酒具、祭器，一项成功便成为街头巷尾传扬的佳话。铁器的成功，使得铜器、银器、金器，开始走向日常生活，走进南昌城中百姓家的案头。精美的器具，不仅仅是一件件夺人眼目的摆设，更是一个个让南昌人得意忘形的噱头。

南昌人用一双粗手改变生活，用智慧灵巧寻找生活的创造，得到的甜头激励每个人的奋发。在如此神速的变化面前，南昌开始成为富庶之地。城外西山的山巅间，每至晚间，冶铜炼铁的火光形同白昼，从梅岭山脉铜源之处流出的铜液，得到充分的利用，资源成了宝藏，这个宝窖取之不尽用之不竭，南昌人自我恭维成了有福之人。历史上江南有名的风水大师杨松在南昌游走后，曾经由衷感叹这里的山肥地沃、物产丰饶、地倚其势、城依山水，是一片胜境。唐代诗人王勃更是洋洋洒洒用一篇出口成章的《滕王阁序》为这片土地留下了脍炙人口的词句：物华天宝、人杰地灵。南昌于是有了超越地域、超越时空的好声名。昌大南疆成了名副其实的富贵之源。

农耕之源造就了一座城池，也造就了特殊的文脉和特殊的能工巧匠，三教九流、五花八门的各种小技艺成了南昌人卖弄生活的灵器。这些能工巧匠以其特殊的生存本能，开始迁徙技艺，播撒南昌文脉。以至后来便有了高安人宋应星将这些技艺广为收集，著《天工开物》一书，这些南昌人眼中不起眼的小手艺、小工艺成了人类进化的另类标志。南昌特有的手工打制金银器就是这些小手艺中的一朵奇葩，千百年来，它以其特殊的生存方式隐形于南昌民间，这些技艺成为一个个家族栽种财富的手段，各种奇特招数在口口相传中沉淀于家族传承中。如果仅仅依靠《天工开物》的记叙，仍然无法得到许多暗示，无法得到真传，无法真正解读这门小手艺。这绝不是说它有如何的奥妙、如何的秘不示人、如何的玄乎，因为这些绝技是制胜的法宝、获得财富的利器。从这个意义说，南昌人又把自己推上了高人一筹的位置。

南昌的可圈可点，就在于她的细腻，在于她的秀色可餐。其隐形文化的造就，在这天高皇帝远的蛮荒之地显摆了自己的风光，也让城市的品位多了些五味杂陈的特殊味道，让外人遍尝其辣，而叹其有滋有味。习惯成自然，江右遗风涵盖了南昌生活的方方面面，点点滴滴。上苍赋予了南昌人一方生活的乐土。

王勃撰写《滕王阁序》时，何曾想到今日的南昌竟是名至实归。光射斗牛之墟的气概充盈了铜剑的锐气，方显出英雄本色。晋朝张华因见斗、牛二星间有紫气照射而在其地掘得龙泉、太阿两把利剑，更有甚者，两把剑竟龙光夺目。王勃写的是这前人的典故，从一个侧面折射了石岗松湖一带金银器诞生以至传扬的声誉，正是他所吟唱的文词，撬动了南昌人的心智，铸剑论道，在金银上做足了功夫，做足了文章。如果王勃九泉有知，他也会当惊世界殊，为南昌的手工技艺的辉煌喝彩叫好。

三、坩埚煮铜的青光

南昌在汉代，不仅有过灌婴铸铲筑城的盛事，还有过刘濞煮铜的盛事。刘濞是汉高祖刘邦的侄子，刘邦二哥刘仲人长得眉清目秀，文雅厚道，与刘邦的长相和脾气性格完全相左。而刘濞倒似乎与刘邦有几分脾味相投，长得鹰鼻鼠眼，凶神恶煞，性情暴戾，是员出色的战将。公元前196年即高祖十一年，汉淮南王英布谋杀荆王刘贾，在这之前，刘邦以韩信私娶家奴谋反为名诛杀韩信，同年夏天，刘邦的另一位战将彭越也被诛杀，而且被剁成肉酱。刘邦将彭越的肉块分赐给各路诸侯，英布收到一块后，极为恐慌，十分害怕这样的灾祸不知何日会降临到自己头上。于是，他暗中起意，将一些部队聚集，同时招贤纳士，以备应对，并随时打探朝廷消息，观察朝廷的动静。

也是英布命该当绝，这年，英布的宠姬病了，去找医生就诊，这个医生的家与中大夫贲赫对门而居。听说来看病的是英布的女人，而且长得也十分美貌，贲赫认为自己身份特殊，官居中大夫，便向英布的宠姬大献殷勤，重金馈赠，有时还在这个医生的家中，与宠姬一道喝酒。宠姬飘飘然，回到家便向英布叙说中大夫如此这般的温文尔雅，待人热情，是位值得尊敬的长者。英布一听，起了疑心，你宠姬看病便看病，怎么就与贲赫勾搭上了呢？于是，他打了宠姬一顿后，便从此不让宠姬出门，让医生上自家给宠姬看病，而且在宠姬面前扬言迟早要将贲赫杀死。后来，宠姬将此事托医生告诉贲赫，这贲赫不听犹可，一听吓得魂飞魄散，当即称病，卧床不起。英布见贲赫如此做作，更是起了疑心，断定贲赫心下有鬼，欲将他抓起来严刑拷打。可这贲赫也不是省油的灯，当下便鞋底抹猪油，逃之夭夭。这贲赫逃进长安，便急急在刘邦面前控告英布谋反。刘邦将信将疑，与萧何商议，萧何也认为英布不可能谋反。不过，后来，朝廷使者来到英布军中查访验证。谁知，这一验还真出了问题，英布果然有谋反的相应布置。就这样，刘邦率众将亲自征讨。

刘濞时任沛侯，他跟随刘邦出征，每阵必出，骁勇善战，冲锋陷阵，屡立奇功，一举平定英布叛乱。战后，论功行赏，刘邦眼看荆王刘贾已死，家中无后，自己的儿子又年幼无知，更何况荆国一带也不是个容易经营的地方，便将荆国改为吴国，让刘濞当了吴王。

这也许是个不得已的选择，刘邦真的把吴王的桂冠戴到刘濞头上后，又开始反悔了。他左瞧右看，总觉得刘濞不是一盏省油的灯，天生了一副反相。他在给刘濞加冕的典礼将要结束时，不由得口从心出，不放心地问刘濞："你当上吴王后，不会谋反吧？"刘濞感激得五体投地，连连应答："不会，不会，死也不会。"就这样，刘濞战战兢兢地当上了荆王。

许多史论，都给刘濞一个不光彩的称号，认为他是一代枭雄。我却认为，从某种意义上讲，他还算得上一路豪杰。吴国的疆域很辽阔，他治理的范围包括"三郡五十三城"。三郡即会稽郡、豫章郡、丹阳郡。刘濞任吴王后，他踌躇满志，在吴国的范围里，把治理之道用到极致，很有过人之处。他动用各种手段，治理盐商，控制食盐流通渠道，为食盐经销商提供保护；同时，他广罗人员，寻矿筹钱，增强吴国的经济实力。由于他精心用权，对平民百姓轻徭薄赋，鼓励农耕，吴国的百姓得到实惠，刘濞也深得百姓称道。

刘濞长得剽悍威猛，权倾吴国，独霸一方，成为朝廷的大忌。他所管辖的吴国，国用富庶，财源充沛。他动员广大民众开凿大运河，连接江淮一带，使交通网络得到通达。于是，在吴域，刘濞的权威得到了百姓的认可，他让百姓休养生息，人们拥戴他，商贾的贸易也充溢于古驿道,独轮车推出来的山货与米谷涌进吴国的城市。《史记·吴王濞列传》载:"会孝惠,高后时,天下初定,郡国诸侯各务自拊循其民。吴有豫章郡铜山,濞则招致天下亡命者铸钱,煮海水为盐,以故无赋,国用富饶。"

很多史书都记载,刘濞在豫章城外煮铜铸钱,日赶夜忙,通宵达旦。南昌城里的百姓,每天晚上都能看到西边的大山中,通红的火光映红夜天,喧嚣与闹腾几乎把南昌这片土城也燃烧得沸腾了。有句俗语说,得民心者得天下,刘濞新官上任三把火,烧红了南昌的半边天,老百姓把这夜火称作他们的救命之火、希望之火,只差没把刘濞当成救世主看待。老百姓从土地中能求得几文?抬头看天,出门求土,寥寥几个钱角子,哪够对付家中费用?自从刘濞来了后,铜角子显灵了。刘濞用铜角子补贴百姓种地,免了他们的田粮赋税,而田地上的收获,诸如稻米之类,又由王府收购运往江淮,如此循环往复,刘濞取得了民心,也顺应了天意。只是,他的这些别具一格的用权之道、安邦手段也成了朝廷的大忌,成了皇帝的心头之患。

刘濞的性格决定了他的一意孤行,他在与朝廷、皇权抗争的路上越走越远,为了实现更大的政治抱负和心底的愿望,他在封国内大量囤积财富、积聚力量,以备应急之需。他觊觎大位的居心起于何时,燃于何点?至今仍是个谜。但我们现在看到的迹象是在刘濞的儿子因与皇太子下棋发生口角,而被皇帝有意杀死之后,刘濞的这种反叛情绪开始高涨。疯狂的骚动把刘濞的感官神经调到极致，敢作敢为的性格，让他无所不及，放荡不羁的处世观助长了他藐视高高在上的皇权的情绪。他深深懂得，金钱无所不能，一旦或缺，却万万不能。他拼经济而不遗余力，努力使自己的利益和私欲最大化。大量而疯狂的开采使豫章成了铜器和金银器以及铜钱的集散地，过度的攫取使豫章西山的铜源丧失殆尽，至今空留下一片废墟，还有那地名铜源的记忆。

金钱没有给刘濞带来富贵荣华，带来的只是无穷尽的噩运和危害。豫章铜源流淌出的铜汁所散发的铜臭，波及民间。战争的创伤使豫章大地成为一个大创口，既丧失了资源，又让百姓涂炭，刘濞留下的恶果让百姓深受其害。当他举起反叛旗帜意图推翻朝廷时，他的狼子野心膨胀至极，以致无力自拔。他深陷于泥濘而痛苦地挣扎。铜器、金银器还有铜钱仅仅成为一时的喧嚣之声，让人觉出狂躁和仇恨。渐渐地，他开始失势于民，失势于朝廷。得道多助、失道寡助，背叛让他背上了沉重的十字架，他咆哮、他怒吼，可这一切无济于事。

人一旦跳入自己所掘的坟坑，悲剧就离其不远了。尽管他也做出各种挣扎，试图扭转不利于自己的颓势。他派出使者四处联络诸王，用豫章所铸铜钱去敲开各路大仙的城门。可是，这种响应的力度，还有金钱的感召力，都于事无补。天平开始发生倾斜。

各路诸侯王们对刘濞的响应，既有先决条件，又无法配合得天衣无缝，历史就在这样无序的算计中失去先机。道行不端，难成大器，私欲不除，天地不容。今天看来，从人的本性衡量，刘濞虽然算不上得道，但也未必就是失道，他仅仅想以自己的能力和才智创造一方天地。野心的膨胀，欲望的飙升，使他的个人理智走进了洼地。他试图在王位的背景下，为实现自己的更大愿望做一次冲刺，他有种"天将降大任于斯人"的感觉。自我欣赏和自我陶醉完成了他的图谋。用铸金造银成就的吴地王国，敞开了策源地的大门，疯狂的资源掠夺在他的心目中已经成为他登上金字塔顶的厚实基础。面对自己的成就，面对金钱的巨大气场，他丧失了理智，成败仅此一搏，他毫不计较这一搏的后果，无论是成功还是失败，无所计较了。

王宫宴会厅的首座上，他举起自制的铜酒杯，闪出一张铁青的脸，黯淡的灯光，闪烁的火苗，让落座的大小官员感到肃穆、凝重，同时，也按捺不住内心的恐惧与不安。这是一次决定吴国命运的聚会，胜者为王、败者为寇的祖训此时似乎被丢进了天国。唯刘濞的马首是瞻，附和、迁就、讨好，既不敢退缩，也不敢逞强。视主帅的眼色行事，命运注定士卒只能追随于主帅的鞍前马后。

也许这仅仅是一厢情愿。当主帅刘濞将手中的酒杯斟满，举过头顶的一刹那间，突然听到一声呼喊："且慢！"

一位谋士提着一只大公鸡急急上场，他抽出腰间的匕首，将鸡按在桌子上，挥手间，鸡头坠地。

谋士随后将鸡血滴入每位将士的酒碗中。

刘濞狰狞地露出凶相，狂吼："干！"

"干！"众人相随而呼。

"成败在此一举，愿意随我起事者，干！"吼毕，将碗一摔。

"干！"众人更是遒劲铿锵，宴会厅哗啦啦摔碗声响成一片。

千军万马，纵横驰骋，战旗猎猎，披靡卷席。"王侯将相宁有种乎"的呼声再度甚嚣尘上。刘濞的号召力、凝聚力还真能动众。攻击的力度如排山倒海，势如破竹。谋事在人，成事在天，刘濞几乎做起了帝王的美梦。他命令豫章城西铸铜基地铜源的工匠，加班加点，铸造铜钱，以备登基急用。他深信，有时铜臭的功用能化解更多的危机。

有时成就取决于自信，失败同样源于自信。当诸王失信，而刘濞却一意孤行，带着炽热的自信，狂妄地以金钱开路。汉景帝三年（公元前154年），刘濞联手各路诸侯楚王戊、赵王遂、济南王辟光、淄川王贤、胶西王昂、胶东王雄渠，吴王刘濞自封七国之首，成为叛乱主谋，开始迈进自己的帝王梦，也让自己走上了不归路。

刘濞起心谋反，一为报景帝杀子之仇，二为野心驱使，自以为功德盖世，有经世达务之才。当晁错提出削藩之策后，刘濞以"清君侧、诛晁错"的名义，声称起兵的目的是诛晁错，恢复王国故地，安刘氏社稷，率兵北上。吴王刘濞甚至与胶西王刘昂约定反汉事成，平分天下。

眼见军情紧急，迫不得已，景帝将晁错处死，以图恢复国土，换取七国罢兵。可刘濞骄横跋扈，根本不把景帝放在眼里，意态狂豪，一意孤行，最后在汉将周亚夫的强力攻击下，兵败受诛。

刘濞铸钱，因钱得民心，又因钱失民心，自取其辱，下场可叹可悲。但他所经营王道的模式，经营王道的路径，实在可圈可点。只可惜了豫章地方，偌大铜山，竟成了一座空山，铜源无铜，一泓清泉成为铜铁泄尽后的象征。金银散尽铜钱无，此地空余铜源山，如今梅岭山脉中的铜源已经成为一个优美的旅游胜地。山肥水美、山清水秀，历史总是这样化腐朽为神奇，岁月已经给这个地方换上了新的装束和打扮。春秋更替，无可奈何的刘濞成为一代"枭雄"，成为豫章地方永远的过去。历史的那一瞬间，化作青烟，淡入风云，早已烟消云散，他所留下的仅仅是那些充斥着膨胀心态的文字，还有那不甚光彩的声名。不得已的可为，成为永远的不可为。刘濞，死亦为鬼雄。

四、钟鼎的绝妙佳音

石岗地处西山南麓，大山给石岗人的生活留下了深深的烙印。山间的蕴藏给石岗人提供了优厚的生活环境，成就了石岗人的生活空间，也丰富了他们对生活的想象。

石岗人对铜情有独钟，与铜有着不解之缘。追溯其深远的历史渊源，在西山有个地域特征明显的地名铜源，这个地方，据历史记载，有铜自源头自行流出。面对造物主的恩赐，面对大山的特殊赋予，人绝不是等闲之辈。就地取铜，不断探索、摸索铸铜的实践，将每个环节、每个细节贯通融会，将铜经过冶炼，铸成各种用具器皿，如此循环往复，形成技艺，也是石岗人脑袋灵光的体现。铜的分量之重，重在它引领了一种手工艺的风气之先，开了打制工艺的先河，石岗手工打制金银器便是在这样的大势之下，独树一帜，把各种重金属当成手中玩物，拿捏面团一般，要圆即圆、要扁即扁，金银成了工匠手中的"面团"。说到石岗的金银器，西山大岭中铜源之铜功不可没，点石成金，化铁成器，南昌人（石岗人）用香火传承了一种起源，传承了一种经验，并发扬光大。

在西山石岗一带，关于铜的故事，几乎比比皆是，家喻户晓，人们的爱铜情结，调动了民间的灵慧，也给传世技艺贴上了祖宗的招牌。故事成全了铜，铜也成全了故事。

西山梅岭肖峰西面，有一座吴源岭。这吴源岭虽然比不上肖峰巍峨秀丽的绝妙，却也葱郁苍翠，给西山增色不少。因为这座山峰是道教全真派净明道祖许逊弟子，仙人吴猛隐居修道的地方，因此又叫吴仙岭。山顶上本来有一座紫云宫，祀奉着吴猛的神位，由于历史久远，年久失修，已经塌毁，只留下不少巨大的石梁石柱。传说这些石梁石柱曾经挂过一口大铜钟。

当年，吴猛为了找一块练功修道的风水宝地，千辛万苦，跑遍江南各地名山。一天，他走到豫章城，天色已经渐晚。他不去找歇宿的旅店，寄食的宫观，却寄情山水，匆匆登上城头，瞭望西山。只见西山山色苍翠，山势雄伟，果然是一座好山，心中无限欢喜。入夜以后，从那远处的山谷里隐隐约约透出一团金色的亮光，光芒一直映照到半天空中，吴猛瞪着这团亮光细细地打量。

这团亮光，一不是落日的霞光，二不是烧荒的山火，三不是天边的闪电，四不是乡间的灯笼。呀，莫不是一团宝光？

吴猛在城头守了一夜，眼睁睁望了一宿，就是无法解脱心中的疑团。第二天一大早，他跑到章江边上，想找只渡船过江，去寻找那发光的地方。可惜天不作美，江上狂风掀起大浪，渔民都躲避风雨去了。好不容易找到一只渔船，老渔翁又不敢冒险过江。

道家的规矩：法宝捻在手心上，不到难时不打开。吴猛这时却不顾这条戒律，从怀中抽出一把羽毛扇，望江心一划。顷刻，江水中间出现一条风平浪静的通道，他像走路一样平安无事地从水面走过去，老渔翁看得目瞪口呆。

吴猛过了章江，上得西山，日访西山沟，夜宿西山顶，专拣深山密林走，这样爬过了九九八十一个陡坡，来到肖峰西面的一座高山上。细看这座山：树木青青，泉水淙淙，人迹不到，果然是个修炼的好地方。夜晚他就爬到山顶大树上歇息，瞪着一双眼睛向四处探望。果然，只见眼前的山坡上，金光从地下射上来，穿过松树的针杈枝干，冲上天空。他寻思这就是他要寻找的宝光。于是，他就在山腰搭了三间草房住下，然后在山坡上动手挖掘。挖了七天七夜，只见铜水四溢奔泻而出。吴猛大喜，他将铜液精心炼制，铸成一口铜钟，这铜钟沉重异常、光彩夺目。他把这口铜钟运上山顶，用石柱石梁悬挂起来。从此以后，他日里采药炼丹，夜里打坐运气，每天早晨和傍晚，他都会轻轻敲动大铜钟，吞下一颗丹丸，以求功德圆满。山林里面虽然有点冷清，但因有了这口钟，也就不觉得寂寞。

说起这口钟的确很神，一敲起来，声音洪亮，余音缭绕，西山大岭漫山遍野二三百里地方都听得到，而且它还会引得西山其他寺院的钟都嗡嗡作响。那时候，西山一带庵堂寺院道宫观院很多，天下闻名的有旌阳观、紫阳观等八个道观，葛仙坛、王乔坛、灵官坛等六处仙坛。宫观寺院的钟加起来，少说也有几十口，用的都是西山铜源流出的精铜，西山石岗的工匠倾尽心血，传承着经世达务的手艺。在西山的大岭中，铸铜为钟，尽管各寺观铜钟大小不一样，但品格工艺，都是同样精巧。

说到这口铜钟还有一桩奇事：早晚这口钟一响，树叶便飒飒摆动，小草便索索地摇晃，山上山下便不知不觉地刮起凉风，接着，稀稀疏疏的雨点便会从天上掉下来，把树木花草浇得湿漉漉的，显得更加青翠光艳。

不久，西山一带的老百姓都晓得吴猛和大铜钟的"神功"了。大家都称呼吴猛作"吴真人"，称呼大铜钟作"神钟"。平常，老百姓登山请吴真人治病；干旱年头，还向吴真人求雨。每逢求雨的人群登上山头，齐刷刷跪下之际，吴猛便将大铜钟"铛铛铛"重重地敲三下。求雨的人还没来得及下山，雨点就淅淅沥沥落了下来。

那年，京城的皇帝又多了一个妃子，便在京城再修一座新的御花园。新御花园修好以后，老天爷九九八十一天没下过一滴雨。池塘里没有水，种不了荷花，养不活金鱼，下不了钓；泥土里没有水气，杨柳卷叶，牡丹不开。妃子气得不吃饭，皇帝气得不早朝。

这时，豫章郡有个拍马溜须的七品官，两只眼睛长在额角上，光看见纱帽看不见脚尖，他把大铜钟的神功向皇帝奏了一本。皇帝因此下令把大铜钟运往京城挂到他建的御花园去，还下旨让吴猛专给御花园打钟。

吴猛听说之后，隐进了西山老林中。但是大铜钟还是送到皇帝的御花园去了。

那天，皇帝、妃子、宫娥、宫女，一齐来到御花园里。一个身强力壮的宫女奉命敲钟。她一槌敲下去，"笃"地一声就像敲打木头一样；两槌敲下去，"嘎啦"大铜钟发出刺耳的怪声，皇帝和妃子赶紧捂住耳朵；三槌敲上去，"哗"地一声半天空响了一个旱天雷，连原有的一丝乌云也吓得飞跑了，头顶上的太阳立即增加了三倍威力，晒得宫娥汗流浃背，皇帝、妃子热得发昏。皇帝只得下令返回深宫。

那马屁官正在皇宫外面，伸长了颈骨，盼望官升三级。哪知皇上传下圣旨说："大胆奴才，竟敢戏弄寡人，着令立即摘去乌纱帽，午门处斩！"

马屁官吓得面如土色，跪在金阶大喊"冤枉"，不肯起来，边哭叫，边求饶：

"小……小臣实在不敢欺瞒圣上呀，大……大铜钟在西山音调确实悠扬悦耳呀，能……能够呼风唤雨呀，圣上不信，可以差人监督小臣把铜钟运回西山试敲，如……如果情况不实，再将小臣千刀万剐不迟呀！"

皇帝听他一边诉说，一边号哭，倒也可怜起他来，于是便例外开恩准奏，叫一个官廷小臣押着他这个七品马屁官，把大铜钟运回西山。

大铜钟一挂上肖峰顶的石梁，马屁官就按捺不住动手敲钟，那钟"铛"地一声，响声果然不错。

"你听听，你……"

马屁官一边说，一边去敲第二下，哪知这口钟没挂稳当，"通"地一声，从石梁上摔下来，便往山下滚。大臣和七品官赶紧用手挽住钟上的绳索，想把钟拉住。哪知道大铜钟几个大翻滚，把大臣和马屁官一起带下山脚，沉到龙潭里去了。

大铜钟从山上往下滚得飞快，碰到山坡上的石头，"铛铛铛铛"一阵乱响，引起了一场急风暴雨，顿时山洪暴发，山上的泥沙石头随着山水冲下来，把马屁官和大臣埋掉了。大铜钟也沉在潭底，再也捞不上来。

　　如今，吴源岭下，龙潭尚在，周围圈满了巨大的石块，一潭碧水嵌在大石当中。据说那些石头，就是当年山洪冲下来的。春末夏初，山水泛涨的时刻，站在龙潭边侧耳倾听，龙潭里面"铛铛铛"的钟声偶尔还会传到水面上来。

　　吴猛铸铜钟的故事，点拨了西山石岗人的灵智。民间以制器为业、制器为生的能工巧匠应运而生。西山石岗一带，是传说中神仙出没的地方，仙风道气弥漫于西山的地方史中，也弥漫于乡间村落间。就地取材的金属资源，成为道院官观、佛寺庙塔中侍弄香火的重器、礼器。

　　石岗人对于金银器的喜好，似乎与宗教和梦也有较大关联。把意愿寄托于另类生活，寄托于神力，替自己开脱原罪，替自己的生存谬误做某种近乎玄妙的解释，这也许是人与动物区别的地方。石岗人向往梦，由来已久。宗教的神力让那些身沾泥水的人们心生虔诚，顶礼膜拜，于是塑造了一座梦山，去做天人感应，去做超凡脱俗，去打理香火、侍觐诸神，以便得到无解之题的新鲜解法，安慰自己，也安慰那些卧床不起的直系亲属。在一个个神祇面前，许下愿望，只要神力保佑合家安康，就是做牛做马也要把寺庙中的香火烧旺。蜀汉灭亡的时候，刘护偕同弟弟，拥着他的母亲罗氏、舅父罗铿，还带了他的三个儿子，以及部将何棠、李发，率领大队人马，逃到了洪州西山一带。当西晋怀、愍年间，刘护母亲见天下大势不可逆转，便劝他归顺晋室。到晋元帝建武元年，由于他辅佐晋室中兴有功，皇帝敕封刘护母亲罗氏为协庆夫人，封他舅父罗铿为广济惠泽英毅王，封刘护本人为广惠王，封他弟弟为广顺王。建武二年，东晋统治者为了巩固和开拓南方诸州，派刘护率一支劲旅，前来围剿当时一股较强的势力——藩源寨。藩源寨为现今新建县梦山水库四周地区，主寨在现水库正北大山岭中，寨主为东吴遁将黄皓、徐渊。当时刘护的弟弟和三个儿子以及部下的将士，都骁勇善战，但与寨军激战数阵，却胜负未分。刘护便采取舅父提出的"坐困"政策，在山寨的外围给予困堵，以便旷日持久地困死寨军。刘护把他的指挥大营移驻到大山腰向南伸延突出的一座半高山峰中，即现在的梦山庙地，和藩源寨遥望相对，以窥测对方虚实。不到一年，寨军果然动摇，其中一部暗中与刘护私通款曲，并准备反戈一击，还商定了内应外合的具体方法。不数日，刘护派裨将王威、何塘、陈宣、蔡越等伏兵山下，又派三个儿子从正面发动全面攻击。这时做内应的寨军突然在主寨把寨首黄皓、徐渊擒解阵前，献给刘护，其余寨军则星散瓦解。刘护一面火速派人给东晋王朝报捷，一面指挥大军搜山追杀。经过几个月的围剿，把山岭中寨棚焚灭，建筑捣毁。到现在只能看到山岭中间一个较大的"跑马场"，和由四根石柱竖成的"金钟架"等遗迹。

在晋元帝大兴元年，刘护扫平藩源寨时，东晋元帝派出的使臣已到，就地加封刘护为罕王；护之三子亦因战功分别封为孚应侯、善庆侯、昭利侯。晋元帝同时降旨把刘护所驻之山峰命名为罕王峰；又"削掉藩字的草头为潘"，把整个"藩源"地区改呼为"潘源"，寓意为削平了草寇。所以该地区以后一直称为潘源。

两百年后，南北朝时期的梁朝天监初年，和尚李月鉴来到罕王峰结庐居住，了解到这里过去的历史，便报请江州都督王茂，给罕王刘护建祠塑像。从此罕王峰就有了罕王庙。庙中供三王塑像，正中为罕王刘护，居右为其舅英毅王罗铿，居左为其弟广顺王。

唐宪宗时，进士施肩吾弃官不就，隐居西山一带，常登梦山，于罕王庙发现一个石洞，恰可容膝。于是，施肩吾便在此洞遁迹，以诗书自娱，修道悟仙，该石洞因此得名为施肩吾石室。

罕王峰景致清幽，罕王庙和施肩吾石室，历史上吸引了不少文人墨客前来瞻仰，留下了不少的道德文章。

到南宋宝祐元年，有一奉新举子姚勉，赴临安赶考，路经罕王峰，夜宿罕王庙内，梦山刘护之母罗氏给了他一个好梦。恰巧这姚勉该年即中新科状元，随后便捐资在梦山增建了一座宫殿，内供刘护之母罗氏，名之为"梦娘娘"，这一新宫殿也就得名"梦娘娘庙"。从此，梦山便名扬遐迩，民间传说梦娘娘能"以山果感人入梦，有求必应"。再加上庙里和尚渲染传说，每年的春秋两季都有香客从四面八方赶来求梦，和尚也以解梦为职事。于是罕王峰便被称作"梦山"了。

佛教是这样，道教也如此。主堂硕大的铁香炉成了香客燃起希望之火的根基，为了得到神助，人们慷慨解囊，用自己的体己钱印证自己的虔诚，以求自保。坐落于西山南麓、石岗北侧的西山万寿宫每年成百万香客游走于神灵与现实之间。礼仪之器、超度之器、弘法之器、播道之器，香火钱成就着神祇的高大威严，成就了神祇的俯视人间。

我曾于江西宗教史上有过了解，道、儒、佛三家，与金银铜铁都有不解之缘。炼丹把道教的教义深化了一个层次，而佛教铁磬又记录了神灵的遥远。用重金属浇铸法器，金属浇铸工艺成为立世之艺、传世之技，既是南昌人的发明，又是南昌人的骄傲。

过去的岁月，聪明灵慧的南昌人留下了三件至宝，指的便是南昌佑民寺内的铜铸大佛像、宋代铜钟和普贤寺内的铁象。

始建于东晋隆安四年（公元400年）的普贤寺，坐落于老南昌的惠民门内，今天的寺步街上。南昌太守熊鸣鹤感念佛祖恩德，将自己的家院捐为寺庙，作为南昌地方讲经礼佛的地方。这一年，江西地方特邀梵僧悉咀多来这里讲授佛经，自此，普贤寺逐渐闻名遐迩，香火不绝于路，各路佛教高僧相继来寺。最为值得大书一笔的就是，南唐时期（公元944年），宜春刺史边镐来寺朝觐，深为该寺画栋雕梁、金碧辉煌的气势所折服，当即捐铁10万斤，雇请能工巧匠铸造一尊气势雄伟的白铁象，名曰普贤铁象。此象高一丈余，长二丈。铁象上塑金身普贤菩萨一尊。菩萨手持莲花，神态安详，打坐在铁象背上。这座寺庙也因之得名普贤寺。

普贤的大雄宝殿前，还有座千余斤的三勇士塑像铁香炉，也是虔诚的朝觐者捐资浇铸。南昌人把铜铁用活了，用神了。上天赐给人类赖以生存的矿物，成了灵物，成了点燃南昌人心灵之火的重器。相传，很久以前，南昌近郊西山有位吝啬的土财主，为了积攒财富，他自己每天都用铁碾巢碾出糙米为食。为了节省粮食，他在碾米的同时把谷壳也碾得粉碎，和着米一道煮了吃。这种踩在脚下的碾巢很滑溜，一不小心，他将碾巢中的碎米踩翻，撒了一地，他硬是伏身于地用舌头舔着地下的碎米，和着地上的土尘，一道咽进肚里。他的这种行为，有人敬佩，有人嘲讽。不过，还是以小瞧者居多，都说这土财主还真是土养肥的。土财主可不在乎人们怎样笑话他，依然故我，我行我素。但是，当他听闻一位寡妇，为了救自己罹患重症的儿子，筹钱为自己儿子治病，宁愿将自己典当出籍，为官家或财主家之小妾时，他竟倾囊而出，帮助这位寡妇，使她的儿子得到救治。这件事被土地神知道后，当即禀报玉帝，也是这个土财主命中当有财势，玉帝一听也颇多感慨，当即下旨，命福喜二神降临世间，以香妃赐予土财主为妻，并为土财主立生祠一座，旌表他尊天爱地、香溢满城的善事。福喜二神知道这土财主从不暴殄天物，给世间带来清气和香意，心地诚善，是大德之人，于是在西山大岭中，寻找沉香、香榧木作为建祠材料，寒冷的冬季，祠中的和尚便用这沉香和香榧木屑点火取暖，香气四溢，香飘数里。诗人徐世溥路过香城寺，听此一说，也很感动，留下五言诗一首：

邻僧遥引路，岭度百盘苍。高处见溟海，空中闻妙香。
暮云孤刹冷，秋草古坛荒。十里披秦人，下山无夕阳。

土财主顺着玉帝的旨意，经常光顾庙堂，捐资助佛，侍弄香火。他看了徐世溥的诗后，似有顿悟，更是毅然决然将家私尽捐入祠，添置铁磬、铜钟、铁香炉之类，了尽凡念，剃度为僧，心无旁骛，悉心读经。

香城寺因之香名传遍乡里。

这种因果报应的故事，虽然离奇，却有深意。石岗人厚爱神器的见证便多了不少的筹码。

南昌人特殊的喜好使当地宗教盛行，使南昌人寻找到安身立命的机缘，也让南昌人寻找到灵魂的泊所。

南昌人给自己的历史留下的第二件宝贝也和铜器有关，南唐乾德五年，即公元967年，南昌人再一次举行仪式，铸造一口庞大的铜钟，这口铜钟高7尺，腰围1丈4尺8寸，重10064斤。他们给这口铜钟雕饰秀丽的花纹，并镌刻上优美的文字。能工巧匠铸造这口铜钟可谓呕心沥血。

铜钟几乎是一气呵成，成为其时南昌一大盛事。铜钟铸成之日，人们争相观看，万人空巷。当铜钟安放进钟楼后，人们沐浴更衣，丝竹管弦通宵达旦，庆贺天礼，犹如节日，梵音妙语，弥久不散。当东天闪现一抹红云时，铜钟响了。洪亮之声响彻云天，人们欣喜若狂奔走相告，为南昌的又一神器成为镇城之宝而欢呼雀跃。开光典礼上，众人像着魔一样，齐刷刷虔诚朝着东方跪拜祈祷。

这口铜钟几经磨难，竟然奇迹般地独善其身，在历朝历代的战乱中，几易其所，初置放于钟楼，明朝时又移至普贤寺。1929年，迁移至佑民寺，至今完好无损。

铜钟的声响，凝聚了南昌人的精气神，也唤醒了人们对南昌历史的珍重。在一个个历史遗存面前礼拜，馈赠自己的意念，信守一种约定，这或许也是一种教化作用，南昌因之乡俗淳、民风清。历史上南昌就有路不拾遗，夜间门开无盗之说，神器的警示，使南昌人找到了自己生存的理想境界。我们说，适者生存。山清水秀是南昌乃至江西人生存的外部环境，可南昌人对生活的热爱，对宗教的崇拜也是另一个因素。沿袭图腾的香火，在岁月的晨曦和黄昏中燃烧着血红的炭火，铸炼炉中泻出的铁水、铜水奔腾不息，宗教的至高无上、普叙的虔诚，改变了人们对财富的认识，主宰命运的神力成了人们的向往。金钱是神力赐予的，很自然，按照普通百姓朴素的宗教观念，这些金钱中的一部分就得返归神灵分享。神祇的原动力成为寺观发展、香火鼎盛的最好注解，于是在南昌的寺院中出现了铜佛的身影。

佑民寺是南昌一座香火十分旺盛的寺庙。达官贵人为了保佑自己的权势地位，财富业产，将其认定为自己的护卫神；普通百姓将这里视为改变命运的灵变之处。在漫长的岁月里，人们用自己的虔诚叙说着自己的生存观，大量善款善物涌进佑民寺。这座始建于南朝梁代的寺庙，始称大佛寺，相传就是因为梁天监年间豫章王萧综的先生葛鲜居所的东南方向，有一口古井，井中常有蛟龙出没，相互争斗。于是，豫章王便铸造一尊巨大的佛像，以镇蛟龙。为了让佛祖不受日晒雨淋，他又将自己的居所捐出，将大佛牵引进屋，为佛祖提供良好的栖身之处。

　　南昌人铸金化银，雕铜炼铁，成为自身历史的一大亮点。在造神运动中，化腐朽为神奇，南昌人信守的纲常，就是在这种神奇中得到力量、得到自信。将自己的意念置身于自身力量不可企及的范畴，也算得上是一种渐入生存佳境的现实追求罢了。历史上的精英人物雕琢的历史只会镶嵌在镜框中，而大众的创造，把南昌的历史装扮成一个诡异而又耐人寻味的沧桑老人，成为一种永恒。

　　梵音佛语，讲述着一个又一个关于铜器历经磨难，起死回生的故事，在佑民寺的铜钟上，那些梵语不仅仅是一些文字符号，他把江西人对佛教的依存，写进了土地，写进了青山绿水。

五、响石敲动的节奏

说到道教，有着许许多多难以破译的密码，至今仍然让我们崇仰其高深莫测，神秘难窥是道教所形成的特殊的宗教文化和历史文化。

原始人在对大自然界许多现象无法解释和敬畏有加后，便借助于灵魂、神灵、鬼怪来解答。风云雨雪、水火雷电、山崩地裂，这些给原始人造成心理压力的自然现象，拓展了他们更多的想象空间。于是，就有了原始崇拜，原始图腾，他们创造了天神、地神、鬼蜮，畏惧死亡的念头萦绕于怀，为了破解自己的生存之谜，求取长生不老，他们想到了灵丹妙药，一次次做着甘冒生死风险的尝试，失败了，再尝试；再失败，再尝试。原始人中的智者始终是这种愿望的引领者、参与者、尝试者，提出理论依据者。道行的深度解读给这种愿望添加了火候。

寻求长生不老的捷径，是道教初萌之意。术之众而路不同，寻仙问道，教派林立，洞天福地。于是就有了道教学说、道教理论。老子的《道德经》便是道教理论的创始著作。老子是个神龙见首不见尾的人物，他一生不求名利，崇尚自然，恬淡无欲，大道修成，便西出函谷关。把守函谷关的关令尹喜见有紫气自东而来，知是有圣人来到关口，于是命令下属扫道四十里迎接，老子骑青牛翩然而至，将长生之术传授给关令尹喜。老子悟透生命真谛，自隐无名，主张无为自化，清静白正，相传老子活了 160 岁。

于是，在漫长的岁月中，道教在大自然中细究生存的秘诀，用灵感解读自然现象、天象、地理、物候，智者的教化作用渗透到生活的每一个角落。在不断修正前人炼丹教训的同时，不少方士开始了多途径、多路径的寻求。炼丹术应运而生。开始人们采摘灵芝、人参、燕窝作为长生之药，屡试之后，不见长生，转而目光投向云母、滑石、玉石、黄岭土。但金玉丹砂之类不能直接食用，必须要经过炼制方可，于是，筑灶垒炉炼丹开始盛行。相传丹砂经反复炼制九转方才为药，因此民间出现了"九转金丹"的说法。

到了晋代，江西豫章西的西山、石岗一带，出了一位净明道祖师爷许逊。他给豫章地方留存了好一笔历史文化遗存。他不仅创立了道教正一派净明道，而且开山导水，引导当地百姓兴修水利。相传，许逊年轻时去西山岭中打猎，射中一只母鹿，母鹿当时正怀身孕，母鹿中箭后，腹中的鹿子也从母鹿胎中坠地。母鹿虽然自己受伤，仍不顾伤痛，也不逃跑，竟回过头来，闪着泪眼，伤心地舔着它尚未出世就夭亡的幼崽。母鹿的母子情深深打动许逊，他长叹一口气，跪在母鹿前，折断自己的弓箭，从此，再也不误伤生命，自觉修炼，悟道求法。

在西山，他率领众弟子传授净明道主张，其十一个骨干弟子吴猛、时荷、甘战、固广、陈勋、曾亨、吁烈、施岑、鼓抗、黄仁览、钟离嘉，这些人各司其职，率领道众终日研习炼丹技艺，以丹为药，普惠人间。

道教的炼丹炉遍布西山的九龙山上，许逊亲自安顿炼丹人员入场，调配停当，指挥笃定。雄雄烈焰炙黑了道家弟子敞开的胸膛，也烤热了不少道家弟子的奇思妙想，不能够炼丹益寿延年，拥道成仙，也罢，便在炉火中浇泼出一些似咒语的荒诞语言。于是，各种形状的器物既摆上道台的桌前，也开始以其实用而走进农家。道教的炼丹炉启发了石岗的银匠们，他们几乎用同样的方法精铸金银，成为道教发脉传承的节外生枝。西山中的响石遍布，便是道徒炼丹、炼金银的最好见证。

九龙山的响石，是西山、石岗一带的稀罕物，这种石头恰似铃铛，内中石响"咣咣"有声，摇起来，悦耳动听。不少人，捡到它，视如宝贝一般。其实，这响石原是早年道人炼丹的炉碴，千百年来风雨、雷电、秋霜、冬雪，大自然的岁月交替将这炉碴棱角磨圆，也把道徒心中的棱角磨圆，在炉碴的红色消失殆尽后，道徒悟出了他们所坚守的普世观，并不在于长生不老，而在于清静无为。

道徒的炼丹术，传扬几千年，连他们也没有想到，正是这种炼丹行为，让西山、石岗一带的草民百姓对金银铜铁产生了浓厚的兴趣。看着铜水、铁水血红血红地从坩埚中、从土炉中溢出，草民们的心花开了。他们的奇思妙想在这血红中幻化成各种花草虫鱼、飞禽走兽，以及世间的各种物候与天象。他们开始试着与道徒一般，从坩埚中倒出铜水、铁水、金水、银水，按照自己的想象，按照自己的构思，将自己的意愿浇铸进自己雕塑的各种土坯模具中。这些模具形形色色，五花八门，但是，其隐含的俗意却回味无穷。这些浇铸的用器、饰物，开启了智慧的大门，许下了草民百姓的心愿，镶嵌进那些林林总总的寓意。这些独创的手工艺品，成为了早年人们生活的点缀，让他们在枯燥的日常生活之余看到了生命的新意，也多了些对未来生活的憧憬与期冀。他们耐心地修饰着这些带有创意的稀罕物，于是，这些淌着他们心血和汗水的物什，在其手中活了，灵动了。飞到女人的头上，飞进达官贵人、富户人家的案头。餐具、酒具、茶具……渐渐地，更多的装饰品，还有具有权力象征的祭器，林林总总开始遍布于人们生活空间的每个角落。

岁月篇

　　石岗松湖一带的血脉传承就是一种渊源，它的记叙是一种情感的宣泄和对前人的尊重。创造的艰辛和含辛茹苦的血泪，写就了石岗松湖的超凡脱俗。

　　如歌的岁月，把时光隧道擦拭得锃亮；命运的抗争映现的是一张张饱含沧桑的脸。不可预见的艰辛并没有绊倒蹒跚前行的老腿，石岗人构筑的是一个个金灿灿的黎明。

六、巧夺天工的细节

我们不能不说,《天工开物》是本奇书,1634年,明朝的宋应星便将目光从文人之道投向物工之技,几无教化的愿望,只想留存一份记录,更新除旧,兴能布艺,让人们对明代的农工技艺有个全面的了解,使之传世不绝,宋应星算是把自己心头的算盘拨得流水样响。《天工开物》向人们系统地介绍了相关农业、手工业的生产知识,并绘制了大量精美的插图,对生产的各个工艺流程详加描述。该书介绍生产门类多,技术范围广,几乎包含了我国明代农业、手工业的各个主要部分,对农业、手工业生产起到了极大的推动和促进作用。该书内载耕织作造炼金采宝,一切生财备用秘传要诀、技巧门道、制造流程,应有尽有,很见宋应星采集和写作的天分。

自古以来,成大器者,都以奇知特识得到人们的厚看。有意识地把自己的脚步迈进旁门左道,独辟蹊径,形成一说,也足见智慧的可贵。人得天地日月之精华,受春夏秋冬之磨炼,每个人的日思夜想,都几乎浸染了先人的营养和灵气。记录自己的脚步,也就是记录人类行走的痕迹。如果我们把宋应星的心路脉络重新审视,就不难看到这位古代科学家对人类的巨大贡献。宋应星一生讲求实际,鄙视士大夫轻视农业技能、轻视生产技能的态度。他在五次进京会试,五次都遭遇失败后,毫不气馁。此路不通寻另路。他五次前往京城,行进的路上几乎以贪婪的目光关注着各地的风土人情，关注着民生疾苦，关注底层社会人们的生活方式，关注他们赖以生存的谋生手段和手工技艺。这时的他，知识不断积累，人生的阅历不断丰富。既然主考大人对自己不欣赏，何不干脆自怜自爱，自成一家，做一些自己想要做的事，成就一些别人认为不可理喻的想法呢？五次长途跋涉大江南北，让他穷尽目光，见闻日甚。"为方万里中，何事何物不可用？"正是这种见多识广，这种对各地风土人情的认知程度加深，促使他走进农家，走遍田头地脚、商铺作坊。在求取功名的路上受到重创后，重新振作，毫不气馁，开始了另类的冲刺。任江西分宜教谕时，他开始呕心沥血撰写了让世界震惊的奇书《天工开物》。这本书视野开阔，眼界弥新，视角独特，既高雅又实用，是一本经世达务、不可多得的技术著作。书中对明朝资本主义萌芽的记叙，成就了世界历史潮流的更新。他在自序中写道："伤哉贫也！欲购奇考证，而乞洛下之资，欲招致同人，商略赝真，而缺陈思之馆。"本想对那些农工技艺做一些有益的验证，而因手头拮据，无力复述，想与同仁商论这些技艺的真伪，又没有合适的场所。只得点亮灯草芯的小油灯盏，夜以继日、日以继夜地去撰写和记叙这些我认为有益的技艺。不过，他又一再表白自己："大业文人，弃掷案头，此书于功名进取毫不相关也。"这就是宋应星，掷地有声，把一个有骨气的文人形象表现得一览无余。

　　宋应星是个人，是个普普通通的人，他并不把自己的学识和涵养视为骄傲的本钱，相反，在实际生活中，他是那样谦恭而不失体统。明亡时他所表现的气节也展现了一个底层知识分子心性。甘愿做人梯，将自己的见识和智慧转化为一门非常实用、非常有价值的大学问，这就是宋应星的与众不同之处。他在官场上得不到器重，并没有自暴自弃，便毫不犹豫地用知识分子特有的笔触，去寻找自己的一片人文天地。《天工开物》从民间吸收物象的种种痕迹，又把物象展露在广大民众面前，这就是宋应星的奇特之处。

宋应星的才华不仅表现在奇字上，重要的是他惊人的记录能力与叙事能力。化腐朽为神奇，他把四百年前农耕文化的雏形一览无余地展现在今人面前，图文并茂，范围广泛，前所未有。

宋应星的《天工开物》虽然说是重农商轻金玉，但他在《天工开物》中对铸造技艺、金属冶炼做了十分详尽的叙说。他给后人提供了一个制造技艺的文字解说平台。就像一位虔诚的使者，传递着生生不息的膏火、薪火，照得见肝胆，苦其心志，劳其心血，留下了属于他的生命轨迹。

他在《天工开物》第十四章"五金"一节谈到黄金的来龙去脉、黄金的生成、黄金的开采、黄金的精炼时说：

> 黄金美者，其值去黑铁一万六千倍。……凡黄金为五金之长，熔化成形之后，位世永无变更。白银入洪炉虽无折耗，但火候足时，鼓鞲金花闪烁，一现即没，再鼓则沉

而不现。惟黄金则竭力鼓鞲，一扇一花，愈烈愈现，其质所以贵也。凡中国产金之区，大约百余处，难以枚举。山石中所出，大者名马蹄金，中者名橄榄金、带胯金，小者名瓜子金。水沙中所出，大者名狗头金，小者名麸麦金、糠金。平地掘井得者，名面沙金，大者名豆粒金。皆得先淘洗后冶炼而成颗块。金多出西南，取者穴山至十余丈见伴金石，即可见金。其石褐色，一头如火烧黑状。水金多者出云南金沙江（古名丽水），此水源出吐蕃，绕流丽江府，至于北胜州，回环五百余里，出金者有数截。又川北潼川等州邑与湖广沅陵、溆浦等，皆于江沙水中淘沃取金。千百中间有获狗头金一块者，名曰金母，其余皆麸麦形。入冶煎炼，初出色浅黄，再炼而后转赤也。儋、崖有金田，金杂沙土之中，不必深求而得。取太频则不复产，经年淘炼，若有则限。然岭南夷獠洞穴中金，初出如黑铁落，深挖数丈得之黑焦石下。初得时咬之柔软，夫匠有吞窃腹中者，亦不伤人。河南蔡、巩等州邑，江西乐平、新建等邑，皆平地掘深井取细沙淘炼成，但酬答人功，所获亦无几耳。

新建地方在明朝即为掘金的风水宝地，似乎已是无可厚非了。金银的涌出，成全了新建的金银匠，他们用自己的巧手编织着如梦如痴的妆饰世界。

宋应星在打算开写《天工开物》时，想也没有想到，在他生长的这片土地上会出现一个金银器的王国。这个王国的打造，不是凭借金钱和财力，而是凭借手艺技术及灵慧智巧的完美结合。石岗、松湖、丰城、高安一带的族姓中，成为银匠世家的比比皆是。

宋应星是奉新县北乡人，生于官宦之家，书香门第，幼时聪慧过人，饱读诗书。明万历四十三年，宋应星28岁，与其兄宋应升同时参加江西乡试，兄弟双双中第，一门同科两举人，成为乡里坊间佳话。可是，后来，宋应星却运气不佳，几次进京赶考，都未能入闱。命运捉弄了他，不能在仕途一展宏图，可他几次进京赶考，坏事成好事，使他对天下金银铜铁之分布有了较为详尽的了解，给他撰写《天工开物》打下了最好的基础。阅历的丰富、文字功底的深厚，还有对当时生活的强烈悟性，使《天工开物》准确地描摹了农工耕读的二十六般"武艺"。尽管他在序言中一再认定自己"贵五谷而贱金玉"，可笔者认为，他在《天工开物》中所撰写的冶铸、锤锻两章，却是写得十分到位，细节详尽明了，叙述有血有肉，分析深入浅出，内容穷尽完备。

让人感到可惜的是，宋应星这本开物成务的奇书，却没有能在清朝引起清廷的重视，只因其一句把清兵骂作"北虏"使得《天工开物》未能收进四库全书。也正是这一局狭的观念，使中国对工业革命和手工业的进化采取了抵制、抵触的情绪。这种小儿科的认知，使中国近代史落后于世界工业革命，沦为半封建、半殖民地的社会，而任人宰割，资源任人掠夺。大量的金银等贵重金属和饰物流出国门，至今成为西方国家博物馆中博古架上的精美陈设，成了西方国家的囊中宝贝。

长期的积弱使我国的民族工业成了西方的附属，发展速度的严重滞后，使中国在工业化的道路上走得无比沉重。《天工开物》在国内 的书架是摆设，在他国却成了技术指南。17世纪末，《天工开物》传入日本后，成为江户时代（1608—1868）日本人十分重视的读物，日本举国兴起"开物之学"。

1830年，《天工开物》传入法国，1832年传入英国，法国汉学家儒莲把《天工开物》称为"技术百科全书"，英国达尔文称之为"权威著作"，19世纪日本学者三枝博言称此书是"中国有代表性的技术书"。

宋应星和他的《天工开物》，为石岗一带金银器打制技术的播扬和传承起了极好的推动作用。石岗人也把这本书捧抬为"天书"，匠人的敬畏与崇仰给予宋应星至圣的地位。

七、药包的传神故事

这是个钟灵毓秀的村落，虽然这里早已被乡间的现代化同化，但村落的轮廓、格局，似乎与风水学很有些关联，四周层峦叠嶂、连绵起伏、林丰水茂、草木葱茏，村落蜿蜒，恍如画卷。如此皎好的村子，证明了村子中历代业主很有些经营乡村的手段，代辈相传，承继至今。既古老又新鲜的村落，清风扑面而来，莺歌燕舞活力四溅，演绎着一条生生不息之道。

谁也不曾想到，就是在这样一个散发着农耕气息的村落里，曾经出现过一位鼎鼎有名的医学家，一位善于运用银针治病的中医学家。他就是明末清初响遍江浙的一代名医喻嘉言。在这个村子里，早就有过一个药包的故事。说的是这个村子西南角的小山包，上面长的每一棵草都是药，村里人只要谁得了病，抓一把，口中嚼、锅中炖，草到病除。更为传神的是，这个药包一天天地长大，山上的草也越长越疯，这山成了救命山，这山上的草也成了救命草，这事越传越远，越传越神，就连他乡人都来这山上讨药，被这救命草救活的人难以胜数。

相传，早年这个村的村口，住着一位寡妇，丈夫在儿子出生半年不到，便得了急病不治而亡。这寡妇就说，药包上的草救活这么多人，就是没有救活我的丈夫，这也算老天不公平啊！也就是在这一天，村路上来了一位老者，鹤发童颜，仙风道气，飘逸而至。见了妇人和她的儿子，摸着孩子头顶，口中念念有词："道法自然，道得真传。"妇人从未沾过诗书，根本不解老者言下之意，只好递茶以示敬意。没想到老者接过茶又说："父亡子贵。"

妇人似乎听明白了老道后面的话语，连忙带领儿子下跪叩头："请恩师指教！"

老道扶起母子，随后又是几句藏头语："云中有鹤，山间有针，苦寻苦寻；生由死，死由生，有福有命做神仙。"不听这话尤可，一听这话，被母亲牵在手中的孩子听了，连连应道："我要做神仙，我要做神仙。"老道听了，笑笑，拂袖而去。

老道走后，寡妇母子为了糊口，便在村口摆了个茶水摊，日复一日，给过客和寻草药之人解乏除渴。村子里的人谁也没有认真计较老道的言语，大家相安而居，平静地过着各自的生活。

说寡妇无心也罢，有心也行，孩子5岁时，寡妇还是自撑着苦日子，硬着头皮将儿子送进私塾。没想到，喻昌这个孩子十分聪慧，跟着村里一位老塾师识字读经，还真过目不忘。为了记住老道的嘱咐，寡妇请塾师给儿子取了个学名喻嘉言。

几年工夫下来，喻嘉言书读了不少，文章也写得漂亮，真可谓博览群书，志存高远。他常游西山，尝百草、品百味、识百药。当他几次进京赶考难遂其志后，便一脚踏进西山，遁迹民间，开始了他的行医济世之路。

游历西山期间，一日独行于路，正逢对面一出殡行列迎面而来。按常理，一般人为忌讳，都会绕路而行。喻嘉言却不管这么多，他不信邪、不避凶，走过行棺队伍时，他低头一看，只见路上一行血滴，职业习性使他不由得多了个心眼，回头多望了几眼。原来，这血是从棺木中滴出。喻昌似乎隐隐觉出什么，他急忙转身，对行棺的"八仙"诚恳说道："你们停下，停下，人没死，人没死！"

人没死？"八仙"们奇了，都说，这里来了个疯子，竟然拦棺。

出殡的人家是当地大户，而且是打制金银的好手，这时，见有人挡道，都不由得围过来，看这疯子唱的是哪出戏。

"你们别大眼瞪小眼，我是存心为你们家好。俗话说，救人一命，胜造七级浮屠……我是郎中，或许能救棺中人性命……"

主人见状，心下犯难，不知如何是好。

喻嘉言这时急得不行，连连说："你们快别耽误时辰，再拖下去，寿材内的人真的没了。你们难道就眼睁睁看着一个能救活的人死去，就抬着这么个活人上山安葬？"

主人听着，心想：哎，也罢，死马当作活马医，或许这疯子有奇招。如果他有本事，是圣手仙医，我夫人岂不是真能起死回生？当即说："好吧，既然……"

"别说既然，事不宜迟，越快越好。"喻嘉言的脸涨得通红。

"开棺！"主人终于开口。

八仙们赶忙将棺木停于路边，找来利器撬开棺盖，只见棺内女子脸色蜡黄，鼻息如游丝，人像已死去了。

喻嘉言也顾不了别的，赶忙用手卡住妇人的人中穴，与妇人嘴对嘴地送气、换气。情急时，拔下头上的发钗，对着妇人下身的几个部位猛扎一通。

这不扎不要紧，一扎还真扎出些名堂来。妇人长长地哼了一声。

在场的人都见证了刚才惊心动魄的一幕，不由得齐声夸赞起这郎中有几手真本领。喻嘉言又挥挥手示意大家安静，只见倏忽间，女人的下腹一阵涌动，一个孩子呱呱落地。

天呐，真是神医！

将妇人包扎好，又让人将其抬出棺木。他净手后，便在众目睽睽之下，背上行囊，重新上路。这时，主人急了。当即扑通一声，跪在喻嘉言面前，捣蒜般叩头："救命恩人，普度世人、救苦救难的活菩萨，我们今生今世做牛做马也报答不了您的恩情！"

喻嘉言笑了："你这又何苦呢，我不过小试牛刀练练我做郎中的内功罢了。没有这种场合、这种怪病，能让我有试的机会吗？要说这一点，我倒要谢你们哩。"

主人连说："折煞我们了，折煞我们了。先生如果不嫌弃，请到小人寒舍小叙片刻，也算让我心安几分。"

这时，围观的人们也一齐相劝。

喻嘉言见众人拦了去路，盛情难却，只好依了主人，一道进村。

这位主人，本在西山街上做些金银打制生意，家中殷实，没待喻嘉言坐下，便拿出几个金锭，以谢救命之恩。

喻嘉言见状，慌了手脚："使不得，使不得，我向来视金银财物为粪土，不至于今日收受尔家钱财，断断使不得。如果你这样做，便将我陷入不仁不义之境，让我今后如何做人，如何行医，如何积德？"

主人连连跪拜，诚恳说："您为我内人捡回一条命，我倾家荡产也在所不惜，何况区区小钱，难动我的根基，万望先生笑纳！"

喻嘉言却不为金钱所动，任凭主人说破口也不收。

主人眼见喻嘉言不受馈赠，思来想去，又急忙进屋，取了个小竹筒出来，送给救命恩人。

他接过竹筒，用眼瞄了瞄，又将小竹筒中的物什倒出来，一根根纤细的银针在他面前忽闪，喻嘉言的眼为之一亮。

主人说："这是我做银匠几十年，闲暇之余时，细敲细打，用心琢磨出来的精活。区区这么点小物什，不成敬意。刚才，您救我的内人，用的是头钗，既笨拙，又难达到效果，有这银针，您就能派上大用场。再说，这小物什，您就是收下，既不败先生名声，又能让我了却心愿，两全其美，先生总该……况这又不值几文，先生您就……"

喻嘉言手抚着一根根银针，此时已是眼花缭乱，爱不释手，连连说："小物件，大用场，我行医治病又有新手段了。好，好，好，我就恭敬不如从命，收下了。"

正是这筒银针，成了喻嘉言救病扶弱的手中利器。他走江达府，遍徙江浙，点穴成金，用自己高超绝技得到百姓的爱戴，也完成了他对生命真谛的无限探求。

喻嘉言手上的银针能够起死回生，石岗银匠的特殊贡献功不可没。喻嘉言对中医技艺的追求，几乎涵盖了中医的方方面面，他没有辜负石岗银匠的期望，用银匠精工打制的小小银针，解除了无数病患的痛苦，完成了他的中医实践和中医理论的创建。

喻嘉言用自己的行医实践，为后人留下了一笔宝贵的中医药精神财富。他所撰写的《寓意草》、《尚论篇·尚论后篇》、《医门法律》三部著作，至今仍是中医界人士必读的经典著作，被翻译成七国文字。

说到药包，朱坊村的村民不无炫耀，灵性所滋生的风土一天天成长，药包的土肥水沃，百草生长于其上，便有了净化身心的功用。

喻嘉言生长在药包这片沃土上，他既收获着愿望，又播撒着希望。他的足迹走出江右，在更加广袤的空间，寻找着人类大爱，他与同时期著名文人钱谦益真挚的友情，充分证明了这一点。清史记载：有一次，钱谦益坐了轿子去朋友家赴宴，宴罢，亦坐轿归家，就在归家的路上，当轿子路过有名的近思桥时，轿夫因不小心跌了一跤，以至于钱谦益受轿颠，惊吓不已，倒伏于地。从此，钱谦益得了怪病，每天只要站立，则双目上视，天旋地转眩晕不已，而躺下去则与常人无异。钱家为治好钱谦益的病，四处求医，均无疗效。其时，喻嘉言正好在杭州城里，钱谦益听说，便立刻差遣家人前往求医。可当日喻嘉言出诊在外，未能谋面。过了数日喻嘉言归家，听说后，没待钱家再度上门相请，立即赶到钱府，问明病因经过及症候后，他既不说医治方案也不开药，只是让钱府管家把府中强壮而又善于行走的轿夫家丁找了几个来，命管家好酒好菜款待他们。席中，他对这些家丁说："你们尽管大块吃肉，大口喝酒，大家都吃个酒醉饭饱。接下来要做的事情，是要你们和钱先生一道，嬉戏打闹一番。"轿夫们一个个吃得酒足饭饱，打着饱嗝，跃跃欲试。喻嘉言命令大家分别站到庭院的四个角落，由两名轿夫挟持着钱谦益，合力奔走。先由东奔西，后又由西往东，再又从南奔北，再从北奔南，参与挟持的轿夫每轮两人互换，轿夫可以歇息，而钱谦益不可以歇息片刻。最后，钱谦益被几个轿夫轮番架着奔跑，自是累得筋疲力尽，可让人难以置信的是，奇迹出现了，虽然钱谦益累得疲惫不堪，但他所得的怪病已自然痊愈。

站在场院的人，包括许多医生都感到十分惊讶。喻嘉言毫不保守，一语道破玄机："这个病是因为钱先生从轿中掉出，倒伏于地，左身受到挫折所致。现在架着他满院子跑，就是为了抖擞他的经络血脉，使搐折的肝叶重新舒展，如此这般折腾一番之后，钱先生便开始感到经络活泛，神志清爽，气血舒畅。这样，头和眼睛也就安适了。而且这个病并不是靠吃药所能奏效的。"喻嘉言奇巧的行医技巧、不拘一格的行医方式让众人惊讶、赞叹不绝。钱谦益从此与喻嘉言亲如兄弟，得到钱谦益的器重和珍爱，钱谦益"神其术，称为圣医"，两人成为至交。

八、锦江淘金的帆樯

江南的水，曾经被赋予了几多的涵义。漫长的岁月里，水既是江南人生存的命脉，也是江南昌盛的象征。水写就了江南的历史。

江西是个水资源丰沛的省份，纵横交错的河流成了江西的骄傲。顺着赣江上溯，在它的中游，有一条支流与其交汇，这条河就是锦江。

锦江自西向东，宛如玉带，飘荡在江西腹地。它发脉于宜春的崇山峻岭中，清澈的山泉似琼浆玉液，养育着锦江沿岸的百姓。蜿蜒曲折的江水，在悠长的日子里，就那样温顺地汇聚，成为赣江的子母河。

　　江有源，河有底，金沙银滩桃花水。
　　忘掉娘耶不要紧，多了一河锦江水。

锦江能给人们带来什么？

锦江上飘过的船上有黄金，锦江的水中有黄金。吹尽黄沙始见金，这似乎是个寓言，好像是痴人说梦，也好像是遥不可及的未知世界。

但是，历史上，这里实实在在出现过滚烫火热的场景。

人们手捧着沙粒，用箩筐筛选着沙粒，在沙粒中细细地寻觅，马灯、汽灯照着一片不夜天。这是勤劳的锦江儿女辛勤改变生活的开始，积聚财富的前奏曲。虽然，这种选拣的希望是那样渺茫，虽然，这种劳作得到的报酬都因财主的层层盘剥，能回到劳工手上的工薪是那样微乎其微，可他们还是那样在河沙中做着命运的抗争。

船桅晃荡，樯帆如林，一年又一年的劳作，一代又一代的号啕，就在这水边随水飘逝；一年又一年，一代又一代的劳工就在那样恶劣的生存际遇中任凭风雨雷电的侵扰，无声无息地淘着，挖着，挑着……

一切都认命。石岗、松湖一带的百姓说到这一点时，好像是在揶揄自己。以前，做淘金工，是最没有地位的人。他们任由官府及地痞们敲击自己的脊梁骨，而不吭声。账房先生拨弄算盘珠儿，三下五除二，便把淘金工打发掉。他们有怨气不敢泄，无处消，只是到了晚上，住进工棚里，或斜卧在船舱中，才会发觉自己的身子像散了架，腿骨、腰骨疼痛难禁，此时此刻的工棚内、船舱中，或许是一袋闷烟，或许是一杯石岗当地产的老酒，一声叹息，为自己打发生命的折磨，麻痹生活的痛楚。困了、倦了，长长的一声哈欠，闭上眼睛，蜷缩于土床上，响过一回鼾声，梦中掠过家中老小的脸孔，朦胧间似乎看到了妻儿们那一双双企盼的眼睛，那一双双乞求命运发生改变的眼睛。睡梦中，工匠们苍老的脸上，禁不住挂上一条条长长的泪丝。只是这种思念，这种渴望，最终都被疲劳驱赶进梦的泽国。更有那痴情的年轻工匠，在被子中翻个身，一声长长的梦呓：老婆，我给你弄了个银头钗啊！

第二天，大家在蒙蒙亮的东方鱼肚白中爬起床，掬上一捧河边的水，擦干净脸上因为劳累而没有洗净的沙粒，又开始插科打诨，相互取笑。那个做梦也在想着给老婆添头饰的男子便成为人们打趣的话头。有人说："你想给妻子弄个头钏，那得叫工头闭上眼睛。"意思再明白不过，只有工头不管不问，你偷点金子银子才好圆自己的梦。有人说："要想给妻子弄个头钏，那得自己给肚子填块石块。茶水不进，不吃不喝，倒是能省个头钏来。"

熬了一辈子的老淘金工，讲起这些陈芝麻烂谷子的往事，总会潸然泪下。

有一位老人说得到位："这哭出来的哪是泪水呢，是血水啊！"

九、血泪构筑的金城

是的，历史给锦江边的山冲铸造了一座金城，这座城是用淘金工粗硕的骨架构筑。数不清的辛酸泪，望不到边的贫困，就像依附的魂灵，永远也无法摆脱。一边是花天酒地的潇洒，一边是饥饿的哭号，以及卖儿卖女的呼叫。在花楼中，女人娇嗲的声音，盖过了锦江的涛声，讨好卖乖与逢场作戏在金银的交换中得到平衡。朱门酒肉臭，路有冻死骨。天地日月照得见人的丑恶，也照得见人的穷酸，可就是无力改变这种不平等的生活。尽管有人对天长叹，尽管有人跪拜神灵，这种周而复始的做作，根本无济于事。村前家庙中供奉的香烛长年不熄，那种乞求所笼罩的悲哀久久地弥散在山谷间的薄雾中。

没有尊严的生活，没有限度的压榨，只有杀戮与搏击。为了一条河段沙金，为了一坪沙洲富矿，人们用血肉之躯去抵挡强势的侵入，血腥的场面里，倒下的总是那些赤着双脚、光着膀子的淘金工。那些在幕后指挥的工头、老板，早已卷了金银细软，携了老婆情妇，逃之夭夭。命薄者当灾，锦江的水被浸得血红血红。硝烟渐渐散去，新招募来的劳力，脱下身上的破衣烂衫，光着上身，又成了一拨新的淘金工，成为工头、老板的"御用工具"，为他们聚敛财富。一旦这种聚敛出现危机，为了争夺富矿资源，那些渴求财富的血红大眼聚焦于同一个源点，岁月轮替，轮流坐庄，武力和实力相较量，便开始用金银摆平话语权，官府成了"八字衙门两边开，有理无钱莫进来"的邪门。如果臆想在官府讨个公道，有个说法，那就太过天真了。生命的代价在话语权中不值一文。

金城在金银的堆垒中渐渐成形。这里开始成了一个热门的所在。高安、丰城、奉新一带，来自山旮旯中的百姓，向往这个淘金的所在，人流向这里聚合，让命运在这里寻找新的机遇和挑战。于是，这个所在，成了众多的权势者掳金掠银弱肉强食的最佳选择。一幢幢金锭般的山字头土库拔地而起，一座座大夫第金碧辉煌。说到大夫第，这其中的奥秘不妨一窥。其实，在这种环境中，何尝能出现饱学之士？何尝得见几个饱学经纶的士大夫？

大夫，这个耀眼的名词，在这里沾上铜臭，都是金银捐献、金银买卖的结果。这其中有一项桂冠，竟致花费白银一千八百两，以至这个大夫第自始建至完工，屋梁的木料越建越细，主人家当耗尽，囊中羞涩，为了减少亏空，不得已而为之。

激烈的竞争，优胜劣汰，也让金城的地方财主们不断更换排序，从沙中淘来的财富挥霍殆尽后，便开始另谋出路。于是，他们顺船而下，顺流而行，去另一个繁华的地方落脚谋生，毋庸置疑，他们的经营项目，仍然与金银有关，淘金客成了银店金掌柜。

灯红酒绿、纸醉金迷的金城，给了人们许许多多另类的想象。女人们的金贵让金银的分量加重。在这里，金银的交换与色相的交换成正比。命运的缠绵打上了金钱的烙印。在这里，曾经流传着一个故事，说的是一位少妇，眼见自己的丈夫好吃懒做，是个穷鬼，而丈夫的几个兄弟却因淘金在金城盖了土库，成了富户。少妇看在眼里，急在心里，于心不甘。她一无本钱，二无技业，三无才智，没有别的本事，只好舍了自己的肉身喂富户，就连丈夫的几个兄弟，也成了她的床头客。她极尽风流放荡，把男人弄得神魂颠倒，当然，这其中也包括她丈夫的几个兄弟。当她把不少男人的财富聚敛到自己的名下后，她却有意地将自己打扮起来，这个打扮不是在自己的脸上大施粉黛，把自己妆扮得如何妖艳，而是大兴土木，在金城一连做了一幢五个天井的土库。不用说，丈夫的几个兄弟黯然失色。到了如此份上，她仍不肯罢休，又从外州、外省招来一批小妞，在小城中开起窑馆，她甚至时不时地给丈夫的几个兄弟"免费品尝"。这种杀人不见血的软刀子，几乎把丈夫几个兄弟在短短的几年中耗成了穷光蛋，以至妻离子散。当丈夫的几个兄弟撤出自己建的土库，搬进茅草屋的那一天，这位少妇竟请来李三长的三脚班剧团，在金城中连续演唱三天三夜。丈夫的一位兄长头一夜便气得吐血而死，另两个弟弟，一个逃难离乡，一个做了吊死鬼。可恨此女人之歹毒，竟用如此下作之手段，谋来了荣华富贵，不知在她背后有多少人在戳她的脊梁骨。

从某种意义来说，这也叫做一跪还一拜，一报还一报。因果报应，只可惜丈夫烧错了"高香"，成了个抬不起头来的"百年乌龟"。

金城，一座老宅、一座土库就有一段故事，一户人家就有一份传说。金银堆砌的小天地把金城的人情世故、世态炎凉推到了极致。三教九流的守信、讲礼仪，仅仅是一种虚伪应酬，他们看重的是"开门利息"，看重的是交际中的红包。金钱的诱惑钳制了人的思维，金钱万能在这里似乎成了不成文的规矩，有句俗语说得好：有钱的大三岁，无钱的做晚辈。

临近 1949 年解放，金城中的三教九流作鸟兽散，各种营生体系土崩瓦解。城中的花楼、戏台、烟馆、茶铺成了陈迹，一座座巍峨雄伟、各具特色的土库成了空屋。锦江边淘金的喧嚣与厮斗归于平静，人们又重新开始从事男耕女织的农家生活。金城往日的繁华烟消云散，留下了一个相对完整的家族金姓，他们守拙成朴，实实在在地拥着田地过日子了。

金城，隐匿在山峦起伏的锦江边，无声地诉说着自己往日的岁月，就像一位岁月老人，总是那样轻声细语，叨叨不绝地讲述，喋喋不休地解析着雕梁画栋的来历。是的，她仅仅只能成为解读，仅仅只能供人们欣赏，她的价值也许只有在非物质文化遗产的细节中显现。留恋、追忆永远只能说明过去。古老的、沧桑的，留下的只是精神的东西，可这种精神的寻找还是留存在那些乡风乡俗范畴，镶嵌在那一栋栋土库的门楣梁木间，这就是无可奈何花落去的金城吧。

金城是个梦，一个永远的梦。

十、金塘井中挖掘面沙金

地里面长金子，这似乎是吃语。记得有个阿凡提智斗王爷的故事，阿凡提把金子种在地里，等着王爷前来上当，可这王爷还真不知是计，应约前往，真的在地里捡到了不少金子。随后这王爷认真起来，硬逼着阿凡提帮忙，倾其家中所有的金银，让阿凡提种到地下。王爷日思夜想着一年后成为无人逾越的金鼎世家。只是到一年后，王爷来到地里收金子时，竟是竹篮打水一场空。阿凡提早将这些金子分给了当地的老百姓。王爷发觉自己上当后，四处寻找阿凡提，可阿凡提却骑着毛驴，悠闲自得地循远方而去。

这个故事听起来，好像与我们今天所要做的讲述完全是风马牛不相及的事。可大概率而言，似乎又有某种相通之处。不过，我们所讲述的这个故事，并不存在诙谐与调侃，也不存在贪欲或是为均贫富而下套害人。在石岗的金塘村一带，还真的有"人"在地下种了金子，而且这金子还让几位穷苦百姓捡了。不啻平地响起一声春雷，这个消息像长了翅膀，一传十、十传百，人们奔走相告。于是，在石岗金塘一带，人们啸聚山林，安营扎寨，抢占地盘，只图在这不大的金矿分一杯羹。人们像发了疯一般，在山上开凿出一个个淘金洞，这些淘金洞似乎很有规律，口径与村中的水井差不多。附近的农民都归依了财主大户，甘愿受罪，做劳工，卖苦力，每天开山不已。当然，如此密度的开凿，绝大多数下井工人还是空手而还、铩羽而归。有的运气好些，或是可以与财主换得一杯羹，那仅仅是微薄的一点粉末而已。当然，也有不安守本分之辈，想到了另一种攫取之法，这种办法从某种意义讲是不道德的行止，但这也是处于下风、处于弱势的下井工，在万不得已的情况下做出的举动。

金塘村80多岁的老者金方定给我讲了一个故事：他的祖上给一富户做苦力，每天收入仅够食粥或喝稀汤而无法解决温饱，于是，便和妻子商量了个办法，让妻子每天送饭时有意识地用竹筒多带一些稀饭，他装作吃不完的样子，然后，将小金块儿丢在粥里，带回家中。这种巧妙的办法还真奏效，人们纷纷仿效，矿主后来看出其中破绽，请来官府兵丁查抄，下井工们遭到灭顶之灾，下狱的下狱，被抄家的抄家，被打伤、打死的大有人在，金矿成了血泪矿，许多家庭因此家破人亡。

在金塘村边上，有个山窝窝，人们叫他金窝抱蛋。这个地方，据说是出现小金块、金粒儿最多的地方。带着一种"欲望"，带着几分好奇，我在村人的陪同下，来到这座山上流连。只见这山已是葱绿一片，树高林密荆棘丛生，怎能够在如此去处寻觅到哪怕是一厘一毫的金粒儿。真有种"故人已乘黄鹤去，此地空余黄鹤楼"的感觉。

村人告诉我们，祖上曾留下话，说尽管历朝历代有这么多人，都想得到梦想中的财富，来到山中淘宝，但是，并不是每个人都有这种好运气。只有有福之人方见金，无福之人断断得不到。听了老人们的说法，我不由得长长叹了口气，看来，我今天来此考究，也应算作无福之人了。

得不到金子，遗迹倒见了不少。老人们有意识地把我带进荆棘丛中探幽，我大感不解，只好相随跟进。他们一边扒开荆棘，一边不停地叮咛，千万注意脚下，要按照他们所走过的路径，一步不挪地前行。我不得其解，可又不得不看着前面老人的影子，小心翼翼，顾不得荆棘的刺疼，紧随其后，朝着林深不知处前行。这是艰难的旅行，树间、草丛，羁绊不时出现，根本就找不到歇脚的地方，也不知道前面有多么幽深，就在疑惑不解间，前面出现了几个洞穴，挡住了我们前行的脚步。

老人收住脚步，有几分得意地抹了抹脸上的汗珠，将手中用来开路的镰刀指着这些洞穴，笑着道："这就是淘金洞。"原来谜底就在这里，我不由得长长地舒了口气。我不知道这些洞穴留存了多少生命的信息，也不知道有多少人洒下了多少血汗。这些洞穴，与类人猿时人的生存洞穴似有很大的类同，都只是某种生存方式的见证。

很快，在周遭出现了更多的洞穴，只要扒开一堆枯草，或是一丛荆棘，就能见到几个洞穴。真没想到，在这座山间，竟密密麻麻散布着如此之多的洞穴。我不由得倒抽了口冷气，山中陷阱遍布，真可谓一失足成千古恨啊！怪不得，老人们口中念念有词，原来都是为了保护我啊！

见此情景，我不由得脱口而出："这哪是探幽，应该算探险吧。"

众人不由得哈哈大笑。

不敢下洞，也不敢有非分之想。黄金，非我所欲也。

很自然，有几个大胆的后生跳下洞穴，在里面扒拉良久，也不见有淘得金银之迹象。也是，这洞穴里的土早已被先人在手中揉搓过无数遍，要是还能给我们留下新的收获，简直是天方夜谭。

后生们垂头丧气地被拉出洞后，众人都笑谑他们一定是将金银末子攥进自己的口袋，走私了。

后生们更是乐了，大家都把荷包翻了个遍，证明自己的"清白"。

洞穴探幽是一次愉快的旅行，看来，我并没有空手而归，它所隐含的意义，让我想起了石岗先人的生存状态，正是这些与金与银打交道的过程，诱发了他们对金银的兴趣，更把他们引导到做金银"文章"的路上来。寻找是为了更好地生存，而在寻找的过程中，把寻找沉淀自己的思考，这就是石岗人的精明所在。他们在金银碎末中所做的触类旁通，与人的生存手段更新全无二致。与大自然的抗争之余所牵引的文明迹象，更重于这些洞穴存在的必然。

　　金塘人原来住在西山街上，祖上搬到此地定居，起因就是淘金，就是想圆自己的富贵梦。当然，这并不是贬损他们的祖先，或者说他们的祖先沾了铜臭，而起了歪心邪念。其实，我觉得这也是他们为了改变生活，改变生存状态的选择。远祖在原始的生存境地，做如此的发财梦，并不为过，相反，这倒显示出他们的质朴与实在。

　　金塘村金氏的家谱中，曾有个文人留下过自己赞美金塘的诗文，这个人叫喻琏，他与金氏一族之间的关系我们已无从考究，但是，他赞美金塘，赞美金塘村人，却不见了铜臭的意味。读过他的诗文，一股绿意升腾，还真会对金塘夜月产生一丝丝的留恋。他的诗写道：

　　　　浮云卷尽碧玉高，
　　　　金仑见轮出海涛。

　　松色十分当此夜，

　　塘光千古属吾曹。

　　诗的意境不浅不深，却能让人吟出情怀来。这喻琏看来还真不简单。他写了夜月，又写早晨金塘的别样景致：

　　苍松落落偃虬龙，

　　片石谿嶅耸碧峰。

　　不倚松根添翠早，

　　松穿石罅转朝农。

　　看来，诗人并不计较金塘是否能够生产金子，他对苍松和片石倒是十分钟情，一咏一叹，把金塘的早翠写得入木三分。

　　接下来，我也看到有首诗似乎与金有些瓜葛。

　　海上槎仙去莫亲，

　　清溪骑鹤更何人。

　　疏钟林外参同契，

　　太乙炉存火候真。

　　金塘村村南，有一山，形似香炉，相传是西山道人炼丹之处，后有铜钟铸出。每日晓起昏歇，只听钟声在林间久久回荡，让人生发一种道气梵意，还真有那么回事呢。

金塘到底有没有金子，后来，我也查阅了本县的地矿资料，还真是找到了一段记叙。金矿主要分布于流湖乡对门、石埠乡枫林李家、石岗乡金塘，这些乡间小村有可能存在具有一定价值的沙金矿床。

同时，新建县还有褐铁矿，主要分布于石岗乡象子山、七里岗、下坐里和雷公塘四处，褐铁矿总储量约 28 万吨。

石岗地区内沙金面积较大，约 4 平方公里，强度高，个别样品达 779 颗 /263 公斤。在毛家新居金山渣、东金家村金井山、大山岭金子井等处，早在百年前曾有人挖井淘金，20 世纪 90 年代，在坟山附近的赖家、李家二村，共 26 户，80% 的村民在雨后拾到过金子。

在流沙金矿点东北角的樟塘有两条东西向平行排列的含辉锑矿渣化破碎带，辉锑矿呈不规划细脉状产出，含锑品位 0.8%—1.05%，矿石呈角砾状构造，与硅化密切相关。

从现有的这些资料综合分析，区内含金矿源层发育、构造及岩浆背景对金成矿有利。金塘、流湖一带沙金异常及地磅异常区找金前景较好。

在金塘的山谷中徘徊，我似乎有种出神入化的感觉。金塘地下的宝贝并没有给金塘人带来富庶和生活的改变，岁月依旧人依旧，但是，创造给予人更大的想象空间。而且，也只有创造和不断的拓进，才会出现生存的奇迹。也许，金姓后人并没有在乎或计较那些处于梦呓状态下的财富的积聚，去做"马无夜草不肥，人无横财不富"的臆想。他们仍在这块土地上重复着日出而作，日落而息的生活方式，牛耕的传统习性唤醒了金塘的黎明，也让生生不息的乡村找到了自由自在与放荡不羁。

在回程中，我始终停留在梦幻的意境中难以自拔，我想，这金塘，其实不就是一块硕大的金子吗？在秋冬的阳光里，这块金子正在散发出一种特殊的光亮。

乡
俗
篇

祭祀的火焰熔化了金银，也漾开
了石岗松湖地方普通民众的心。劳作之
余的痛快淋漓和敞开心怀，既有对造物
主的虔诚，也有对自己生活的认定。

石岗人坚持的信念就是在乡俗的
祭祀中增加神授的分量。火，是有生
命的，金银器的图腾景象，把石岗嵌
进了灯火阑珊的春酒宴席上。

十一、石头岗上开银花

　　绕过一个个弯道，我的视线中出现了石岗，这个沉淀在山峦间的小镇，像更多的乡间一样，浓烈的乡情经由现代生活的洗礼，已经无法判断什么是原始的农耕生活，或者说，已经找不到那些让人激情满怀的先人。在穿梭来往的几十次经历中，我总是以一个生活在这块土地上的人的身份出现，不是居高临下地俯视她，不是以某种官吏的身份去骚扰她的宁静、安谧，而是以一个作家的目光去审视它的历史，与那些光鲜剔透的石头交朋友，去聆听锦江的呼吸与歌唱。很长的时间内，我一直有一种困惑，或者也叫做迷茫，这个小镇能带给我什么？处于山水之间的小镇，南有流淌了千百年的锦江，北有香火鼎盛的道教圣地西山万寿宫，山水的灵气，在这块土地荡漾。她有其独特的文化气场，有其独特的历史风貌，这种独特性演绎了很多甜畅的乡俗，也演绎了不少精到的手工技艺。用乡俗导引一代代人走出山乡，去完成命运的改变；用那些让外人看来神奇无比的手工技艺去完成命运的抗争。我想，这就是石岗人的风骨，这就是石岗人赖以生存的生活基础。她所蕴含的意义不仅是一种历史现象，也触动了我心底的深深的震撼，这就是石岗的地方史，石岗的人文史。我把视线从镇上移入小村中，在山水之间嗅着一丝丝让我聊发兴致的新鲜气息，让我置身于这名不见经传的乡间，做着自己所认定的逍遥游。我就像一个初习者，设法读懂她，设法弄通她，当我在经过无数次的奔波，以及这一趟，用了整个一个多星期的时间，置身其间，我仍然无法给我的问号做出深度的判断和解答，只能以肤浅的认知去解读石岗现象，我只能以自己的记叙和自己的感觉去完成一种使命，去做一次乡情的洗浴。

相对于历史上新建县其他地区易涝易旱，这里的生活不温不火，山地间，能用于耕种的田地匮乏、贫瘠，人们需要改变生活，更想改变命运，于是，他们在保持一种与更多地区百姓一般的原始生存手段之外，无时无刻不想在这个基础上，寻找到一种独特的生存理念，与命运抗争。聪明与灵慧牵动了生存手段的更新，生命火花迸发的力量成就了一番别样的风景。也许，在这种抗争与发现的过程中，有过许许多多的外人所意想不到的困难，但是，石岗人努力了。在这片山水间孕育的机巧灵变，着实让我惊讶不已。穷山荒水竟与我们今人所认定的奢侈生活挂上钩，他们在日积月聚的岁月人文中，迸发出一种向上的力量，穷且弥坚，穷则思变，亘古以来的训诫昭示出一个美轮美奂的境界。在奋进的路上，他们经过一代代人的尝试，一代代人的探究，终于在金银这种贵金属上定位，求得浴火重生，求得凤凰涅槃。

尽管这块土地上也出现过姜曰广那样的重臣忠吏，出现过喻嘉言那样的一代名医，也出现过救助过董其昌的按察史喻均。但是，我们重新回眸，不得不把目光收定在石岗那些出类拔萃

的能工巧匠身上。他们用自己的智巧，用自己的精明，用自己
改造生活的能动性，寻找巧夺天工之路。精心雕琢，锐意创新，
把金银加工手艺做到极致。这不能不说，石岗人的目光开阔，
视野隽远。一门手艺的传承不是靠一个人两个人完成的事业，
也不是靠一代两代人的努力就能完成，就能尽善臻美的，它靠
的是一个特殊的传承群体，这个群体精明能干、智巧灵动，而
且由于这种有效的传承，这门手艺得到发扬光大。

这就是石岗人在金银制作进程中所走过的路，这条路，其
实也不平坦，也有风险。每个历史时期，总有那些贪婪之徒，
曾经觊觎过这些精到的物什，悲情故事曾经让岁月的风霜敲打
过石岗人的心田，可是，他们毕竟走过来了。早年他们用镶金
补银的手艺，挑担子上门的谋生手段，给远近多少家庭带来了
温馨和温暖，也把生活抹上了千姿百态的浓妆。

这就是石岗人。

金银是财富的体现，把这种财富转换成人间情、世间暖，
转换成妇人的妆饰美，转换成孩子们的长命锁、富贵锁，愿望
积淀的文化并不粗俗，金银加工中的吹银技术的历史文化底蕴
足以与朝霞媲美，与莲荷比秀。新颖的人文特性不一而足，这
不是靠浮华的夸耀成就的。技术的总结，工艺的创新，是心血
构建，是智力发挥。千姿百态、千奇百怪、千变万化的金银打
制品，归结于艺术的享受，每一件手工工艺器件都是宝贝。得
意时，那些有心的能工巧匠，会有意识地在这些物什的背面錾

上自己的金银号、錾上自己的名号，这个小小的名片，绝不是自我吹嘘，不是炫耀，也不是故弄玄虚，这是对自己作品的认可，对自己作品的看重，也是自己信誉、信义的体现，是人品、人格的映照与昭示，更是与顾客的一种约定。把自己的声誉看得比金子还贵，这是金银匠工们的潜规则，既约定俗成又不容任何人践踏。完成一件精品后的如释重负使他们沉溺于自我欣赏、自我把玩、自我陶醉，让我们看到了一方水土养成一方人的高尚情操。

这就是石岗的金银匠。

我不想去复原历史，也不愿去做刻意的、狂滥的渲染，石岗的金银匠在历史的漫行中，不遗余力地追求艺术的成就，不断追求制银技艺的完美，他们的执著体现了人类大家庭的大爱之情。有人说，石岗这个地方草短树矮，山荒岭秃，有手无处做，有身无处长，可是，石岗人偏偏在这片土地上创造出一个个神话故事，而且这些故事总有独到之处、动人之处，荡人心魄、动人情怀。他们身背行囊，不顾路途的遥远，于家不顾，抛妻别子，挂着树杈削成的拐杖，在蜿蜒曲折的山路上，相互照应、相互搀扶，去寻求自己的一条生路。他们爱上了金闪闪的金子、雪花花的银子，在悄无声息的制作过程中，他们一丝不苟地构思着，将大地上生长的花呀、草哇、动物啦，赋予鲜活的生命特征，赋予美的造型，成就着自己的想象，精准求真，完成一个又一个完美的构想。

这就是石岗人的骄傲。

从县文联队伍中走出去的石岗镇党委书记周辉先生有一次与我交谈时说得好："石岗的前人把银子做成了一朵花,我们不做击鼓传花人,不将这朵花摆出来,让世人品赏,不让这朵花走进每个寻常之家,我们就对不住石岗金银匠中的先人了。"我也被他的情绪所感染。为此,我在锦江两岸的村落中寻找,在石岗的小岭、朱坊岭、上坪、金城、港西、斜上寻找。这种寻找,是一种乐趣,也是一种享受,能与这样一种高超的民间艺术为伍,能与那些占据民间艺术高地的民间银器达人交流,也算是一种荣幸。生命的感觉就在于你对特殊事物的特殊感受,这种感受,牵引着你,荡入情感的旋涡,难以自拔。当我全身心的投入后,才有了今日的写作,才有了这样的一气呵成。太多太多的激情让我陷入了崇拜之中不能自已。沉溺于艺术,使我的精神升华。石岗金银器从骨子里透出的灵气几乎涵盖了我的思维,涵盖了我的行为哲学。石岗金银匠们一辈更一辈的追求告诉了人们一个非常浅显而又明白的道理:人,只要有一颗金子般的心,迟早总会发光透亮。

石岗山上飘逸的茶树香味,吸引了多少人的向往。那香醇扑鼻的茶油,在更多的岁月成为人们餐桌上的上等作料。在石岗的山旮旯,也成就着另一种作料,我想,这些精美的金银器何尝不是人们优美身姿的作料,它的添加,真应了一句俗语:三分长相,七分打扮。一身的珠光宝气,做作富态的贵妇形象,吸引了多少靓男的目光。俗话说得好：人靠衣装，佛靠金装；人靠衣装，美靠靓装。一个女人，一旦穿戴特殊的配身作料，有了金银器的加入，便熠熠生辉、光彩照人。石岗有句老话说：男人是金身，女人是银身。男人的金贵，不在言语，在做派，这种做派当然就包含了性情、德行，当然也包含了金子的装饰。男戴观音女戴佛，这种隐含佛教礼德的术语，规矩了人们的行止。金银构建的生活空间，成就了食肉男女的财富之梦，也成就了人们的善德儒行。

石岗是个好地方，它埋藏了多少人的梦想，也完结了多少人的向往。金银器的制作过程繁复无比，也完成了这门古老技艺层次的叠加，金字塔的构建在自然而又顺其自然地堆积，我不敢轻易妄言登峰造极，但是，这种艺术的清气应该永驻人间。

这就是我对石岗银器的评价。

十二、三锣击鼓奉神灵

如果我们现在穿越历史，把石岗手工打制金银技术定位于几千年的封建文化传承，定位于几千年的农耕文化传承，在石岗人所供奉的香火中就不难看出这其中发迹的奥秘。民俗的香火传承使这里的板凳龙舞足了农闲时节石岗手工打制金银器艺人的生活空间，那种喜庆和欢乐是一种并不完全是建立在田地丰稔的意义上的欣慰，而是石岗手工打制金银技艺得到充分展示后的个性张扬，更是在一种战胜自我的氛围中陶醉的体现。人不仅仅是有血有肉的动物，更是有思想、有灵魂的动物。灵变是人的个性特点的展示，长期置身于炉火的经历，使自己对乡俗之火有着更加深刻的认知，把自己置身于灯火的熏陶也是一种历练。于是，他们抬出奉神鼓，这种鼓在全国可以说是绝无仅有，它是几百年前栽在村前村后生长的老樟树、古樟树，灯枯油干枝老叶黄后，将这整棵整棵的千年古樟锯成一段一段，将每段的树心挖空，然后，用整张牛皮绷制。石岗人给这种千年古樟做成的大鼓取了个好名字，叫做奉神鼓。这种鼓倥侗激越，气势磅礴，声音洪亮，回音良久。奉神鼓打出了石岗的威势，也打出了石岗手工打制金银器艺人的气概与不服输的心境。平时细心巧制，坐功与心功成就了一朵朵金花银饰，成就了一件件民间瑰宝，可是，这种慢工细活沉积的情怀让他们在年节头上的鼓声中得到宣泄。这就是石岗人，做事做得细心，玩起来就玩得开心。他们把奉神鼓供奉在祖祠中，安置在祖宗牌位后的小阁楼上，与祖宗一般同享家族的香火，同受晚辈的叩拜。到了需要动鼓的时分和场合，他们又点上香火，男男女女举着燃香，沿着村道、田塍，在村子的周遭祈祷祖宗的佑护，祈祷奉神鼓震慑鬼魅的力量。到了请鼓时分，众人齐刷刷跪在祖祠内，这种请神般的仪礼至高无上，让人看后心中如游龙滚荡，心潮澎湃激越。

　　石岗的节庆活动，到了年下，不，应该说是秋谷上场后，年俗中蹦出来的鼓声、锣声、唢呐声，轮番上场，每个村都相继表演一番，这其中有每个村必办的社火活动、玩花活动、祭祀活动、游神活动、唱灯活动。每当村子中的特殊节日来临后，村中男女戴上自家打制的金银头饰盛装出门，各种活动轮番上演。上基谱、做人日、请神、奉神迎神、板凳龙、操龙灯等，目不暇接。今天这个村爆竹响连天，明天另一村锣鼓喧天。千百年的家族，图的就是年俗红红火火，客聚族众，盛事连连。奉神鼓的鼓点调起人们的激情，让整个村子荡漾于欢快的氛围中。

记得有一年，中央电视台和国家民政部来新建采集千年古县资料，那一次，松湖、石岗两地的百姓倾注了极大热情，把这种带有神秘色彩的大鼓请出族庙，聚集二十余面鼓，大家集在村口的千年古樟树下，一挂鞭炮响过，锣鼓齐鸣，同一个鼓点子，震天动地，气势、威势，足让所有客人为之动容。连中央电视台几位记者在现场也一再说，走遍全国那么多地方从来也没见过如此雄浑音响、如此硕大粗重的大鼓。

这就是石岗地区传承有序、历史悠久、文化底蕴深厚的奉神鼓。

每年正月十三日至十五日，是奉神鼓粉墨登场的日子，到了这一天，男女老少都齐聚在乡场上，更衣淋浴，焚香鸣爆，将灵鼓自祖祠请出。村中鼓手更是一色装扮成好汉模样，轮番上场，做戏做派，风头劲上。

这击鼓也是花样百出，每个村的打法都不一样。打法分上河鼓、下河鼓。上河鼓是垱下村的打法，为三锣六鼓；下河鼓是斜上村的打法，为三锣七鼓。

奉神鼓击打的套数和路数又分游路鼓、出祠鼓、训练鼓、得胜鼓、得胜会。

请奉神鼓出场，按照当地传统说法，无非是驱邪避鬼，请神、会神、送神。祈祷族众在神灵的佑护中得到新生。

斜上村老人熊公平，是个老鼓手，尽管他年高 80 多岁，可他打鼓的技巧和水平，无人可比，几乎可以说在石岗地区"打遍天下无敌手"。他一旦上场击鼓，其状足以让人屏声静息，力度足以撼人心魄。急时如雨点纷纷而下；慢时如壮士出征肃穆庄严；缓时如蛙鼓虫鸣；轻时如鸿雁频唱。回旋激荡，悠扬悦耳。他的打法抑扬顿挫，节奏舒缓有度，听之，荡人肺腑，英雄豪气呼之欲出。半个小时以上的击打，不乱性，不错节奏，如行云流水，一泻终了，声声入耳，终生难忘。

奉神鼓的魅力就在于它的鼓声激越、振奋，有着感奋的力量和无限的激情。因为有这鼓的热闹，人们嬉笑打闹，笑逐颜开。鼓敲出激情，敲出性情，只听鼓声，便知心志。到了赛鼓时分，两村挑选优秀鼓手出场，一身武士服饰装扮，威武雄壮，两人相互打躬作揖后，没有白刃格斗，没有刺刀见红，两面鼓在两个村的交会处迎头打住，两位鼓手代表两个村出场。这鼓手，不一定是力气最足的汉子，也不一定是身强力壮的汉子。他必须对鼓点烂熟于心，打出来得心应手。两位鼓手先是轮番上场，各打一个回合，然后是相互对打，鼓点子花样百出，打得动人心弦，两个村子的族众围着奉神鼓齐声喝彩。两人对打时，最能见鼓手打鼓的技术和水平。鼓手既要注意自己的鼓点不乱，抑扬顿挫，轻重缓急，恰到好处。同时双眼又要不时关注对方何时出手何种鼓谱，以防自己陷于被动。而鼓手中的胜算者，眼见对方乱了阵脚，更是用尽心计，故弄玄虚，急中见缓，缓中趋急，使出浑身解数，甩开对方，使另一方疲于奔命，穷追不舍，难以施展自己的鼓路。鼓打到如此份上，算是打出味来了。两旁的人，看得是如痴如醉、眼花缭乱，喝彩声、叫好声响彻云天。

年味就从这激昂的鼓声中散发开来。爆竹声是奉神鼓动声的作料，又是奉神请神的敲门声。在人们的喝彩声中，在村人的龙腾虎吼声中，那让人走火入魔的乡情，只属于这奉神鼓。属于这惊天动地、雷霆万钧、势如破竹、声声悦耳的乡音。

唢呐队也来助阵，曲牌"小桃红"欢快的节奏唤醒了小村的亲情、乡情。入夜后，一种名为"玩花"的乡俗又开始了。礼花盛开时分，石岗成了不夜天。众人敲动奉神鼓，伙着村中当年正好进入青年期的男子，去祖堂叩拜，得到传承的教诲和祖宗的神助。各种礼仪完成后，奉神鼓的激越又把一位银匠子弟送上一程，出外学手艺，经营商铺，成家立业了。这也是奉神鼓的魅力所在。

敲吧，跳吧，技术高超的鼓手，用自己的鼓点来告诉先灵，他们在银器的制作领域，又开了一窍；唱吧，舞吧，龙头的牵引把石岗人带入一个出神入化的境地。抛光后的金杯银盏成了宴请宾客的上等餐茶具。礼节的规格让人感受到荣耀，也让石岗人的礼德有了展现的好机缘。

十三、社火的乡间图腾

社火是新建县石岗地区一项珍贵的历史遗存。也是石岗手工打制金银技人薪火相传的特殊方式。

悠久的岁月中，新建人的祖先在繁重的体力劳动——炉火照天地、敲铜打铁、制金铄银之余，总会寻找一些能够给自己带来快乐的东西，一些自娱自乐、自发形成、众人参与的活动。在年节习俗之外，便有了社火这种形式。

社在古代指的是土地神。兴社火，就是祭祀土地神。《白虎通义·社稷》记载："人非土不立，非谷不食，土地广博不可一一敬也，故封土立社。"《礼记·祭法》："共工氏之霸九州也，其子曰后土，能平九州，故祀以为社。"

社又有众的意思，《管子·乘马》里叙述："方六里，为社。"意思是说以方圆六里为一社。以社为一个集体，大家击器而歌，围火而舞，所以就有了社火。社火不仅有它的祭祀性，而且有它浓郁的趣味性、娱乐性。明代画家唐寅写春社观灯很有趣："有灯无月不娱人，有月无灯不算春。春到人间人似玉，灯烧月下月如银。满街珠翠游村女，沸地笙歌赛社神。不展芳尊开口笑，如何消得此良辰？"

在新建历史上一直有过社火的习俗，石岗地区尤甚，官府、民间争相祭祀，清康熙新建县志就详尽记载了新建县衙祭社的全过程：

　　戊祭　仪注

　　每逢春秋仲月戊日致祭

　　遍赞二生分班立唱

　　陪祭官就位　　主祭官就位　　执事者各司其事

　　瘗毛血　迎神　鞠躬　拜兴拜兴拜兴　献帛　行初献礼

　　引赞二生分班引上　　通唱　　诣漱洗所　漱洗　诣酒菜所

　　司尊者　启幕酌酒　诣

　　府社神位前　跪　献帛　献爵　俯伏　兴　诣府稷神位前　跪　献帛　献爵　俯伏　兴　复位　通唱　诣读祝位　引赞二生引上

　　唱　跪　读祝文　读祝者捧祝旁跪读　维　皇清某年岁次某仲春（秋）月某塑越祭日某　新建县知县某　县丞某　　典史某　教谕某　敢诏告于本省府社神位前

本省府稷神位前　　惟神品物滋生承民及粒养育之功
司土足赖　今当仲春（秋）理宜祈（报）祀　谨以牲帛醴韭
粢盛庶品　只承明荐尚飨　通唱　行亚献礼

引赞二生引上　诣

俯社神位前　　跪　献爵　俯伏　兴　诣

俯稷神位前　　跪　礼同初献　复位　通唱　行终

献礼　礼同亚献　　复位通唱　饮福　受胙

引赞二生引上　诣饮福位　跪饮福位　　受胙肉

俯伏　兴　复位　通唱　辞神　鞠躬　拜兴

拜兴拜兴拜兴　　读祝者捧祝　执帛者捧帛

各诣望瘗所　望瘗　揖　复位　撤馔　揖

礼毕

　　新建不仅官府早年设社坛祭拜，民间村乡也遍筑社坛便于
村民祭祀。乡间的不少地方至今都保存有早年祭祀修筑的社坛，
就是最好的见证。我的老家村西北，就有社坛两座，只可惜包
产到户后，个别人为拓荒将社坛平整为田地（这个拓荒者遭到
报应，社坛刨平后，他的妻子即暴病而亡），但社坛的地貌至今
犹存。尤其是我老家昌邑山西北有个村子至今仍以社坛为名，
叫做社林周村。因为这个村子的出口就有一座社坛，社坛的周
遭长满了香樟树，很有些神秘的气氛。

　　新建社火的形成、衍变、发展，与我国原生宗教道教有很

大关系。新建县的西山岭内，道教场所遍布。尤其是在西山的南端九龙山前，有座千余年的道教净明道祖庭——西山万寿宫。长年累月的祭祀活动，使人们对道教净明道祖庭顶礼膜拜。每逢农历八月朝覲季节，众多的善男信女戴着傩面具敲锣打鼓，吹着唢呐，拉着二胡，托着竹龙，前来西山万寿宫进香。而社火受这种宗教香火的启发，祭祀的香火与日俱盛。社火鼎盛的时节，应该是春秋两季的春社日和秋社日前后，春季浸种之前，秋季收获完毕之后。春季的社火是人们为当年即将开始的耕种祈祷，希望土地神能够在未来的日子里，佑护地方风调雨顺、五谷丰登，不要出现瘟疫邪疾，不要出现水旱灾害，让做买卖的多赚钱，让做工匠的多享红利，平平顺顺过完这一年。到了秋祭的日子，社火祭祀的目的和心愿又有所不同。秋谷上场后，一年的收成已经在望，田地不负种田人的劳作，多少能给个温饱。一年下来，做工匠的出门在外，赚足了银子，于是人们就感念土地神的功德，感念土地神厚爱子民。人们在获得了收成、荷包装满银子后，便在乡场上，在社坛边，载歌载舞，大吃大喝，欢庆丰收的日子。这一天到来后，人们有的戴上面具，开始傩戏的表演（在新建石岗一带有一种说法叫地戏）；有的将奉神鼓从祖祠的祖宗牌位后请下来，尽情地敲上一通；最时兴也最有意义的就是将供奉在祖祠中的先祖、始祖、菩萨请出祠堂，安放到几座响轿上（又称祭轿）。这几个菩萨有杨泗将军（据说他是玉皇大帝的外甥，二郎神杨戬的儿子）、白马好汉（白马道长）、张三大王（赤脚张三），还有梅山太子（伏魔三太子）、阳神菩萨（毫毛生光，阳神老成），最后一顶轿子便是镇国将军。这位镇国将军在每个村子中供奉的对象不同，名号也不同，应该是在这个村的历史上，为村子里的兴旺发达做出过特殊贡献甚至为村中谋利捐躯的人物。响轿，轿如其名，这种响轿的机巧并不是由于抬轿的轿杠用料是竹子，竹子发软，吱溜吱溜作响，而是由于制作响轿时，制作响轿的工匠有意地在响轿的"耳"边和轿杠穿插的位子间，所留的空隙不一，造成了只要抬动响轿，轿子便会咝咝作响。响动大，制作精良，上等的好响轿，轿子发出的这种响动人们在一里之外就能听到，让人产生一种神秘感。响轿的神秘还有一个重要特征，就是轿子周围挑上等樟木人工雕刻的图案图腾，既有道教符箓，又有民间俗意，朦胧间让人觉得深不可测。

响轿出祖堂的一刻，是社火活动高潮到来之际，这时候，菩萨在前，龙灯在后，锣鼓、爆竹齐鸣。由于每个村庄过社火的日子并不是在同一天，所以，一个村的社火活动周围四邻八村的人都来看热闹。几声土铳响过，响轿游街的时分就来到了。响轿和龙灯围着自己村子里的山塘、水田、山林、水井、祖堂逐村挨户游个遍。所到之处，都有户家焚香燃爆相迎。民间有谣歌唱得好：

社公社婆，

打面大锣。

娘老子磕头，

爷老子装香。

忙得媳妇团团转，

笼里捉鸡又捉鹅。

　　村子里的响轿和龙灯成了社火的主角。响轿回到祖祠后，还有新一轮的热闹场面开始。村里众家请来的采茶戏班子，开始在临时用门板搭起的戏台上粉墨登场。新建有句俗语：锣鼓一响，脚板发痒。众多的看客云集在村场中，只被这地方戏渲染得激情四射，有的热泪横流，有的得意忘形。戏中主角的个人遭遇深深地感动了台下的看客。有人随着台词喝彩，有人随着唱词唱和。戏台的旁边，一张张四方桌、八仙桌一溜排开，一张桌子就是一个人堆。有人在麻将桌上大呼小叫，有人在牌九桌上争吵不休。女子们踢毽子，男子汉举石锥，孩子们在大人群中嬉戏打闹，穿梭不停。大人小孩各有营生，整个村子成了快活林。

　　到了午饭时分，便又有一出好戏看了。每家每户好几天前便向自己的亲戚朋友发出邀请，务必请亲戚朋友在村中的社火日来家中做客。主人必不计较客人所带礼物多少。早年，很多亲戚就会提前在家中用黏糯两种米同时磨碎，然后，用一种木刻的木模，内中或刻喜字，或刻福字，或刻寿字，新建地方把这种木模叫做盖粑。将黏糯两种米粉糕合后，将米粉泥一小块、一小块填入木盖粑中，很快一个个填满模子的米粑便做出来了。客人带来未曾蒸熟的盖粑做礼物，上门晋见。主人便兴高采烈将客人迎进屋，好茶好酒款待。新建地方在这个关节，有个不成文的习俗，村子里每家都以客人来得多、摆的酒席多为荣。到了这一天，自己家里才来寥若晨星几个客人，主人一定会灰头垢脸，在村众面前抬不起头。也有家境贫寒，做不起东道主的家庭，只有去村中祖祠，帮众家做些打杂之类的琐碎事，赚些酒肉待客。村中主事的士绅也会特别开恩，加大份额，有意倾斜，给这些帮脚者予以资助，这也算是给全村的名声贴金，没有谁家会省酒待客。一家爆竹响后，家家户户都闻爆竹香。紧接着，全村便充溢在酒肉香气中。酒席宴上，主人也会热切地带领客人看自己的秋收冬藏，看自己的富庶与殷实。同样，酒桌上，主人也会拿出自家珍藏又是自家酿制，埋在泥土中多年的上等佳酿清明酒（又叫春酒）来款待宾客。好酒好菜一桌，山珍水味，只要能在山上找得到的，湖中捞得到的，只要能用钱买得起的，珍贵的菜肴上桌，也显示主人在村中名甲一方。

社火到这时便是酒过三巡、酣醉入梦的时分。

戏台上的锣鼓仍然在敲，卖艺的仍然在吆喝。到了近当代，既有没日没夜的戏看，又增加了夜间的露天电影，真可谓灯红酒绿，灯火通明，灯火阑珊处，盛景不夜天。

社火的日子，也是民间的赶墟日，到了过社火的日子，只要听闻哪个村子过社火，小商小贩、卖艺变戏法的、演杂技的都会适时赶到，用自己熟悉的门道赚看客的钱。女孩子在寻找各种美丽的发饰，男孩子在寻找自己适用的围布汗巾，老人们在试戴礼帽（筒帽），试用手杖，孩子们在寻找适合对味的小吃，像南昌地区盛行的白糖麻糍、麻花、冻米糖、屁股饼等。当然，还有占卜算卦看面相的也来凑热闹，甚至连不少叫花子也趁社火不辞主、不欺客的习俗，前来分一杯羹。社火让每个人都有自己的选择，又会让每个人得到自己不大不小的一份满足。

十四、匠人送神的仪程

石岗金银匠对神的敬畏有着独特的俗意。神灵感化使界坛的子民对神敬畏的程度无以复加，甚至到了恐惧的地步。敬神与请神，迎神与送神，都信守一种特定的俗规，去那个幻化的世界，做着梦幻般的追求。

送神之仪，是一种古老的乡俗。

全国各地都有这种习俗的存在，形式稍有不同，而内在的精神追求却完全一致。据康熙新建县志载："（新建人）其俗信鬼神，好淫祀。"民间亦有迎神送神祭文流传：

迎神

月有光兮凤有翔，坎坎击鼓辰之良。

威武不屈楚臣乡，时不我与心地伤。

下与浊世扫豺狼，为国深忧计尤长。

云为车兮风为马，灵剡剡兮早飞下。

送 神

凤亶亶兮鸾啾啾，尔灵来兮燕有既。

载德意兮何央央，风锵铿兮鸣湖岸。

赤心鼎鼎盘天日，用告虞兮补为祭。

金奏铿锵礼以备，歌以送神神脱祟。

水流中楫出无踪，唯所驾兮驶云龙。

　　民间传说送神迎神是神明每年都要上天去玉帝跟前述职，禀报人间善恶好歹。神明们上天的日子有早有晚，于是人间送神明上天的日子也就不同，不少地方是腊月二十四日送神，正月初四日接神或者迎神。神明在天上向玉帝禀报并得到首肯后，神明们便相继下凡，重回人间继续监管人世善恶。为了表达人们对神明的敬重，每年到了送神和接神的日子，石岗民间便不约而同以热闹喜庆的场面，举行各种仪式以表示对神明的敬畏和欢迎。时日久了，这样固定的模式和场景便成了一个节日，成为一种乡俗，成为我国一种特定的传统文化。

　　石岗乡间有句俗语：送神依依不舍，接神兜兜扯扯。这话表达了普通百姓对神的看重和向往，也表达了他们祈望神明保佑其来年运势平展、诸事顺遂、吉祥如意的心愿。

石岗送神、接神的仪礼似乎有别于全国其他地方。首先金银世家送神的日子选在农历正月二十日之后，这一天之后出现的申日、子日、辰日，撞上申日或者子日或者辰日中的任意一日，便以这一日作为送神的起始日子，三天之后，便是接神的日子。按照祖传的规矩，选择这样的日子也与金银有关联。

早年，石岗地区垱下熊家的金银世家送神都要去锦江以北的拿湖村的拿湖庙（坐西朝东）举行仪式。只是这拿湖庙必须经过锦江，有一年送神的仪礼不慎掉入水中，后人便在界坛建了土谷祠，相传这土谷祠还是唐高宗所敕而建，迎神送神仪式便在土谷祠举行（坐北朝南）。

拿湖庙迎送的菩萨为鄱官，土谷祠迎送的菩萨为杨戬和太皇公公、观音菩萨。石岗地区金银匠中的世家大族都奉杨戬为神，其中有一说法，相传北宋晚期，朝政腐败，金兵入侵，内忧外患，民不聊生。为拯民于水火，天上玉帝问："谁愿下凡为天子？"众仙都默不作声，惟赤脚仙微微一笑。玉帝因此遣其下凡。赤脚仙乃下凡投胎于石岗余家村，并请杨戬作"护国"。

赤脚仙想到前进道路坎坷曲折，心中不悦，颇感后悔，乃在母腹中乱动。母甚苦之。一日，有一道士登门，母告以情。道士用红丝绒把脉，对红丝线一端低语："莫跳莫跳，何以当初一笑！"语毕，腹痛即止。道士告其母："所怀乃大贵胎，务必要等猪产麒麟，牛下马驹，才能让其降生。"语毕，不知去向。

　　话说杨戬应允赤脚仙为"护国"后，派其犬日夜守护。神犬为保障天子安全，常夜卧屋上，使其上有乌云笼罩，以防被发现。孰知好心竟办成坏事。掌管天象之钦天监夜观天象，有所觉察，乃上奏皇帝："江西黑了半边天，有客星冲荡帝座。"皇上立即下诏江西详查。洪都府知府发现：石岗是天子地，锦江为护城，红岩峭壁乃皇城城墙，天子必将降生于此地。于是上奏朝廷。提出"断天子龙脉，绝天子灵气"之策。朝廷下令征集大批民工来石岗地区挖山不止，至今石岗天子庙山腰遗迹犹存。但白天虽有万人挑，当晚即被填平，这是杨戬交代土地神所为，因其守土有责。

　　众官正束手无策时，有名野路神者，素与杨戬和土地公有隙，故意泄露玄机，说："不怕万人挑，就怕竹钉腰。"官如其言，命人将99根毛竹，削成丈二长竹钉，钉入龙穴中，顿时地面冒出鲜红色液体，其母登时感觉腹中痛疼，病情日益加剧。子怜母苦，于是在腹中数问："麟、驹产下没有？"其初母告之以实情，母猪没有产子，母牛未生驹子。后来忍受不了，不由得编造谎言："麟、驹均产下。"天子听后，于是降生坠地。

　　天子很快长大成人。他走近猪圈，未见麒麟；走至牛栏，未见马驹；走进竹林，竹子破裂，跌出未开眉眼之兵俑。天子苦恼至极，自知降生过早，因麒麟马驹是为将军坐骑，兵俑乃御林军也，均为建业登基不可或缺的前提。杨戬为此恼怒不已，于是手持双剑，直奔江畔祖坟山（即今天子庙山），父老乡亲追随其后。杨戬向悬崖下掷出右手宝剑，帮助天子规避邪逆。从天外游来一长鲸。天子骑上长鲸，向东北方而去，直往安徽凤阳。后来明代开国皇帝朱元璋，即为天子转世。杨戬又掷出右手宝刀，将姓庙前牌坊上的"余"砍其一捺，改为姓"朱"，以纪念夭折之耻也。这之后，石岗的金银匠便尊杨戬为开山祖、祖师爷，每个金银匠的世家大族都建有家庙，奉祀香火。每年都把请杨戬回村和送杨戬上天禀报言事作为节日庆贺。

石岗送神很重规矩，到了正月二十后的申日或子日、辰日，远近男女皆着盛装，喜气洋洋，好似过节一般。女人们都早早地忙着在厨房准备酒菜迎接亲朋，村里好一片酒肉香，散发着浓郁的节日气氛。

这一天，界坛周遭的七个村庄，又像回到了过年的习俗中，庙前的古戏台上，请来的戏班子轮番上场，乡场上，人头攒动，人人喜笑颜开。看着戏台上演员的表演，听着锣鼓的响动，人们的情绪调动到了沸点，似如滚滚东流锦江水，喧哗奔腾。到了晚上，村上统一摆开流水席，全村男女老少，济济一堂，痛快喝上杯送神酒，宴罢，金银世家大族七老三保一族的十一路龙灯开始上场。对河拿湖庙前的板凳龙，长达几里路，几十节的香火，形成一条灯路，恰似一条游龙，腾跃在迷茫的村道上、乡野间，让人们沉浸在扑朔迷离中。而界坛的十一条龙灯也不示弱，翻滚腾跃，雄风一路，会集后，来到土谷祠前操演起来。竞龙、走龙、戏龙、滚龙，双龙戏珠、群龙起舞，锦江两岸成了不夜天，煞是好看。看热闹的人们都不约而同地击节欢呼，齐声喝彩。

各个村子里的金银匠长老，这时也是忙人，他们先给土谷祠的神明端上三牲祭品，拜揖鞠躬，随后将香火供于杨戬等菩萨神位面前，口中念念有词，意为道别神明之辞。土谷祠外，年轻人也忙得不可开交，纷纷将点着的香火进庙供奉于菩萨面前祭拜，随后，便依序自祠前沿村路，插两路香烛至河边，形成一条灯路，给神明开道。

祠里的金银匠长老们适时出帐，等到当晚吉时，便将早已扎好的纸船（船有一米长左右）、纸灯笼（纸灯笼约二米多高），敲着奉神鼓，恭恭敬敬送到河边，朝河边烧三柱高香后，于河边将船和灯笼火化，以示送神明上天。

整个仪式过程，只听鼓声阵阵，激越雄壮，按照祖传规矩，在打鼓尽兴完结，大家回程时，谁也不能互相呼唤名号，因为这是仪礼大忌，如果有谁叫出名字，这人的魂魄就会被神明收走。

神明送走后，当地的小姓陈、吴两姓，安守本分，极尽守庙之责。早年石岗界坛七个村庄定下的规矩是陈、吴两姓为守庙人，因为陈、吴两姓是当地的小姓，每三年陈姓守庙两年，吴姓守庙一年。到了仪式结束时，当年值守的庙主陈姓或吴姓，便会煮来一担羹，先盛上六十碗，众人各吃一碗。直到吃完为止，保持不剩不多。

值守姓氏族众也有回报，每年各村人等所供祭祀三牲可以各自带回，但香油、香纸、蜡烛等都由值守姓氏族众所有。上供的钱也归值守姓氏族众所有。

当晚九时后，送神仪式接近尾声，龙灯便开始进庙滚灯。到了子时时分，龙灯表演方才罢场。板凳龙即游到庙前河卸妆，而另外的十一条龙，按照龙尾走前，龙头走后的规矩相继回撤归村。等到十一条龙撤完后，板凳龙（梅烛灯）的卸妆真正开始，每卸一节，便将龙身于水塘中点水一下。每位护龙使者各自扛了自家的龙身灯笼，都以最快的速度往家跑，按当地说法，谁跑得最快，最早到家，来年的运气最佳。

三天之后，是神明下凡之日，神明自天官回到界坛石岗，村众自然也忙打点盛装迎接，由值守人员于土谷祠前放上一铳，同时打狮子灯、蚌蛤灯，将神明迎接回祠。

石岗界坛送神迎神的讲究，很有古风，也多有奇特之处，每年一届，一年盛于一年，既把送神的传统习俗融进了自己的生活，也凝聚了乡村间的人气，成为石岗金银匠生活中不可或缺的一部分。

灵智篇

　　匠人所做的努力就是把自己的想象叙述成一篇篇有着慧根的文章，演绎为石岗金银器手工技艺的一代风流。他们或挑着金银挑子，走街闯户；或走江达府，打理作坊，总是做着不懈的追求，他们将自己写成不朽。

　　价值取向的选择，让老一辈艺人用那沉重的脚步，迈过了艰难岁月的坎儿。寻找生路的勇气给自己开创了一个可歌可泣的年代，也给自己留下了一份自己的名头，给后人留下了一笔宝贵的精神财富和物质财富。

十五、新天宝的花开花谢

把余仁麒的生活经历重新晒出来，做一番考究，很能嚼出几分人生的况味来。

相传，余仁麒小时候，喜欢赤脚走路，不论寒暑，让人称奇。要说余家的家境，也不至于穷到买不起一双鞋子的田地。有一日，村里来了一位看相的算命先生，见余仁麒年少好动，轻盈如燕，从其身边掠过，竟高叫一声："呀，财神命，富贵相。"众人听算命先生如此一嚷，都笑了。有人说："你呀，就不看看这孩子，穷得打赤脚，还谈得上富贵命，这不是白日说黑说，夜间打乱话吗？"还有人说："要是这个孩子真有那命，日后贵起来，那可要把你请到他家来，八仙桌的上首请您坐，好酒好菜款待师父啊！"这算命先生听了不以为然，认真地说："你们不要取笑我。这孩子火命金身，赤脚大仙一个，好命歹命，十八年后便见分晓。"这算命先生把话说得如此肯定，众人都不由得连连称奇。不过，这事听过说过后，谁也没有在意，也没有把算命先生的话当真过，一笑了之。说到余仁麒的家境也不能说不苦，其祖父长年累月卧病在床，是个药罐子。加上余仁麒的父亲从小文弱，不愿从事田地劳作，将家中田地分租，同时在村中借贷一部分钱，与人合伙在石岗街开了间同兴杂货店，没料到，生意日淡，最后亏本，将家中全部田地典押，关门走人。屋漏更逢连夜雨，偏偏这年，祝融光临，一把大火烧光了家中老屋，又添了一个药罐子，家底再丰实，也容不得这样泄水般地往外抛金钱。余仁麒读了几季书后，辍学归家，寄住在大祖母家干起了放牛的营生。随后两位先人病逝，余仁麒的父亲便干脆带上儿子背井离乡来到湖北武汉，干起了他早年学就的金银手工打制活儿。父亲在武汉汉口民生路一家金银店当师傅，余仁麒在汉口民生路复成协典当铺学徒。那一年，余仁麒才13岁。1937年，日本帝国主义侵略中国，发动大规模侵华战争，1938年武汉沦陷前，老板将店员遣散，余仁麒随着逃难的人流往南移，回到老家，原本打算收回家中田地自己耕种，无奈这些田地早已被托管的姑母与租赁户签下契约，田地无法收回。饥寒交迫的余仁麒携手自己刚结婚的妻子，继续逃到江西吉水县三曲滩，随后，又辗转流徙到峡江县。眼前迷茫一片，举目无亲，饥寒交迫，夫妻俩走进了难民收容所，完全靠吃难民粥维持生活。和父亲失散后，余仁麒的脑海中无时无刻不闪现父亲的影子，愁苦交织的思亲情、思乡情，使余仁麒早早成熟。他四处打探父亲的消息，而父亲也四处拜托熟人探询余仁麒的消息。终于有一天，余仁麒在收容所收到父亲托熟人带的信，要余仁麒接信后，尽快赶往湖南衡阳。余仁麒原先从艺的汉口老板在逃难中仍想着做生意，已经在衡阳开了家祥记庄银铺，1941年，22岁的余仁麒便在祥记庄银铺当店员谋生。1942年，余仁麒被老板相中，选派到广西桂林中北路口老宝盛银楼当店员，余仁麒由于深谙人事，又熟谙业务，得到老板的器重。一年后，老板见余仁麒行事有方，办事认真，心地无私，有意提携将他调往柳州新天宝银号当账房先生，期间新天宝银号的往来业务以及银号的管理、银器的打制，皆由余仁麒一手操持。余仁麒俨然一位小老板。其时，他戴个瓜皮小帽，穿一身长袍马褂，戴一副太阳眼镜，谁也猜不透他吃几碗饭，神气活现，好一副呼一喝二的派头，其架势让众多的同乡小师傅称羡。年轻气盛的余仁麒几乎铆足了劲将自己装扮成一位绅士气派的店主老板，他几乎每天晚上都在做着同一个梦，梦见自己似麒麟，腾祥云、驾彩雾飞向一个遥不可及的瑶池天堂，乐也逍遥，自在也逍遥。谁知好景不长，这样惬意的生活才开了个头，日寇几乎是脚跟脚一路追到广西，1944 年广西沦陷，余仁麒又失去了安宁、稳定的生活。

贵州的清镇县是余仁麒永志难忘的地方。正是在这里，他与父亲再度在逃难的人流中会聚一处。父子在国难当头的乱相中，深受家辱国亡之苦，说不完的苦涩，流不完的热泪，父子俩相拥而泣，是悲亦是喜。让余仁麒没有料到的是，父子今生今世还有这样痛快淋漓相见相聚的时分。父子俩在清镇县一个小饭店里弄了几碟小菜，举杯共饮，多少未曾诉说的思念，多少未曾叙及的苦衷都在此一刻化为一缕青烟，缥缈西去。正是在这个小店中，余仁麒向父亲表明，他已经长大成人了，他有自己独立的意志和人格，他有自己的经营理念和自信，他要自立图强，用自己独立的表述，去做自己想干又敢干的事业。父亲确信儿子真的是长大了，有了属于一个成年人的、一个充满坚毅和朝气的人的行为能力。儿子长大了，儿子要飞了。那一夜，余仁麒的父亲喝高了，醉成了个红脸关公。

当天晚上父子俩合床而居，为明天做着精彩的算计，筹划着在金银器这个行当打拼自己的一片天空，成就自己的一番事业。这天夜里，旅店这间房中的青油灯长夜未熄，父子俩彻夜长谈。

也就是在这个距省会贵阳二十来公里的小镇上，余仁麒开始了自己人生第一个回合的冲刺。清镇县城并不大，破旧不堪的房子，狭窄的小街，让人觉着几分寂寥。墨色的苍穹，几颗豆大的寒星闪烁着时隐时现的微光。原本不大的市口，突然涌进这么多的难民，喧嚣嘈杂的气氛简直让人窒息。货源紧张，物价飞涨，那些抛售贵重物品和廉价买进贵重物品的人们讨价还价，成就了不小的市口。在这个县城小镇上开个金银加工小作坊，应该是上佳的选择。

于是，父子俩便在清镇县城安身立命，租赁了一间小店，开始招徕生意。

让余仁麒意想不到的是，这个小店给他带来了人生的转机，父子俩真诚的服务和精致的手艺，让过客叹为观止。生意虽不说如何地红火，却也赚了个盆满钵满。第一桶金的收获使余仁麒对自己的未来充满了信心。在自做自卖之余，他沉下心，注意来客中的人缘脉络，寻找能够帮助自己翻身的出口。

早年，经营金银生意的老板和匠人，将自己的生意经看得比天重。隔行如隔山，讲规矩不说，还得讲江口。这个江口，轻易不外泄，只有内行心知，大家见面谈生意，绝不谈金银二字，把金子叫做"梨廊里"，银子叫做"绿里"，钱和现大洋叫做"敲边里"。一万元钱称作"一方"，戒指称作"刨骨子"。就连一、二、三、四、五、六、七、八、九、十，也被称作"捞刀扎下扣……"余仁麒做金银生意虽然也讲江口，但是，他仍然坚守自己的信条，不欺客、不宰客，这也许是余仁麒人格的精明之处和独到之处，他的选择使他找到了一条实现自己理想的通途。

1946 年，南国的春天来得特别早，抗日战争胜利后，众人欣喜若狂。许多逗留于贵阳的江西生意人，都开始寻找新的生路，陆续回迁广西柳州。余仁麒与父亲一道，辗转来到广西柳州，与他的另外两个兄弟会合，全家相聚于一处，劫后余生，到此时，算是长长地舒了口气。只可惜，天有不测风云，让余仁麒感到伤心不已的是，由于长年累月的奔波劳碌、旅途劳顿以及担惊受怕，与他生死与共、患难相依的父亲重病无治，不幸去世，余仁麒似觉天塌地陷。将父亲就地安葬后，余仁麒一家悲切之余也倍感时艰。由于大量人员拥入柳州，兄弟几个在此已无立锥之地。三兄弟和一个妹夫一行四人携家小又潜身南宁，落脚谋生。

1946 年 9 月，是余仁麒家族在南宁崭露头角的日子。兄弟妹夫四人在南宁民生路合伙经营的新天宝金店正式开张。

国民党南宁军分区司令员、南宁市江西同乡会理事长王健煌领了不少江西老乡前来捧场，有国民党南宁专员李书新、二十六粮库库长曾正人、南宁市公安局长唐超寰、铁路医院院长李正山、后方医院钱院长、大资本家马器……

只是，店开了，却又有故事，出现了新的风波。新天宝店原本在1946年初就租下了房子，只因为装修门面时，贵阳市李文兴金号经理李海生派雇员甘沛霖在新天宝店购金条十根，付钱后，金条暂时寄存店中。可蹊跷的是店中门未破壁未通，放在木柜中的金条不见了。李海生得知后，很快向警察局报案，警局派了不少警员来到新天宝搜查、监视、提审，一时间，店中人心惶惶，全家急得如热锅上的蚂蚁，不知如何是好。警员在店内审查了好一段时间，仍无下落，案子未破。南宁各家大小报社都将这一黄金窃案当成特大新闻登载在报纸版面的重要位置，引起不小轰动。街头巷尾褒贬不一的议论，让承担破案任务的警局压力实在太大。可面对这样一个无头案，警局也无能为力。警局局长搔破头皮，焦头烂额，也无计可施，一筹莫展。

就在这山穷水尽疑无路之时，却传来一个特好的消息，广西银行南宁分行钱股长在收储一笔黄金时，挑选其中几根金条仔细端详，这些金条竟然是这家银行几个月前支给新天宝金店的金条，金条上的编号完全相符。这位有正义感的钱股长，当即拿起电话向警局报案。

警局搁下电话，迅即派员赶到银行，将正在柜台前办理存储金条手续的重庆老万年金号傅经理拿获。这位傅经理走进警局，当即供认不讳，黄金窃案由此真相大白。

对新天宝来说，这一消息让他们欣喜若狂。金条有了着落，也让全店的员工洗刷了冤情。真可谓柳暗花明又一村，余仁麒如释重负。

在这之前警局破案，从未曾有过将失物退还给失主的先例。这次，面对沸腾的舆情，警局干脆做了个顺水人情，让新天宝来警局领失物。

其实说是领失物，新天宝也要知世故，人情债是不能欠的。警局局长虽没有挑明，言下之意，话内话外，却隐隐做了某种暗示。于是，余仁麒在南宁最好的饭馆摆了一桌谢宴，买了幅床单，裹了根金条，送给警局局长唐超寰，参加办案的警员，每人一张蚊帐，算是把警局人员打发。

长长的爆竹响过，新天宝金店在恭贺声中迎来送往，一片繁忙。余仁麒这时才长长地舒了口气，算是心安理得地做起老板来。

新天宝金店由余仁麒当老板，余仁麒的两个弟弟，二弟余兆祥管外联，小弟余仁书在店内管金子兼管账，是账房先生。妹夫金智楠管现金，另外雇请老家来的几位新建亲朋金智梓、钱瑞海为店员，柜上师傅秦文彬还收有学徒雷秉政。金智梓是余仁麒妹夫金智楠的亲伯伯；钱瑞海是二弟余兆祥的师弟，原在桂林老宝盛银楼当学徒。新天宝开张后，他在店中充任二师傅。亲不亲，乡间情，众人拾柴火焰高，新天宝占尽天时、地利、人和，人才济济，没有理由不兴旺。

余仁麒每天早起，用宜兴壶沏上一道早茶，随后，便端了茶，慢条斯理地踱到柜前柜后巡视一番，俨然一副东家气派。他驭人的方式独特，宽严相济，平日对员工严之近于苛刻，做出的金银器稍不如意，便让柜上管匠翻工，不满意便克扣饷钱。有些师傅说："只要余仁麒走近柜档，我们的心里就发毛。"不过，当他的店中金银器名花有主时，他又会得意得像个孩童般，当天，便在附近饭馆叫上一桌，给全体员工打牙祭。让余仁麒开心的是，在南宁他交了一位至交，是南宁二十六粮库的曾库长，这个人生性豪爽，待人大方，花钱无度，他将库中款子打到新天宝账上，囤购金银。他所购的金银也不取回家，存在新天宝账上，随要随取。这笔款子，一直成为新天宝的流动资金，让余仁麒受益匪浅。曾库长也不是省油的灯，其时南宁纸币满天飞，他怕纸币不值钱，与余仁麒签下生死协定，按时价锁定金银数量。这一招明说不让新天宝吃亏，其实，这也是曾库长套现变账的精打细算。不过，余仁麒可不在乎这么多，人算不如天算，曾算不如余算。余仁麒倒认为，曾库长的谋略和算计，正中新天宝的下怀。对新天宝来说，也是一方两便的好事，何乐而不为？这笔钱，壮大了新天宝的腰杆子，别的店不敢做的生意他敢做，别人不敢下的赌注他敢赌，在生意场上狠狠地赚了一笔。

新天宝开张时，集资 1200 银元，才三年时间，赢利竟达9000 余元。如此利好，本是幸事，可天有不测风云。随后几年，一连几桩大事降临新天宝。南宁同行黄钱庭的利昌行倒闭，柳州黄球经营的银号倒闭，新天宝所赊 2280 元（合 26 两黄金）悉数血本无还。随后余仁麒的三弟结婚用去黄金 5 两，二弟妇生小孩难产剖腹，开刀用去 800 块银元。最为痛心的是，在新天宝风雨飘摇之时，余仁麒的表弟邹炎春将店中 3000 银元（约合 30 多两黄金）悉数塞进自己囊中，卷巨款潜逃。

新天宝面临灭顶之灾，顿时陷入四面楚歌的绝境。也就在此时，解放大军来临，由于政府对金银进行国家管制，新天宝内外交困，终于关上大门。余仁麒从此告别新天宝，告别金银器这个行当，偕妻子、母亲一道，回到家乡南昌，开始了他的另类营生。

十六、浩然之气贯长虹

在石岗，很多人谈到余浩然，都说他是石岗金银手工艺界的扛旗人物。他虽然也从事金银手工艺的制作，但更多的时候，他是个"跑水"的角色。一顶礼帽、一副墨镜、一身袍服、一双皮鞋、一把雨伞、一根手杖，这就是余浩然跑水时的穿戴。出生在动荡的世道，凭借自己的才智，闯荡江湖，从一个放牛娃孤军奋战，俨然成为一个阔少，其经历的风云变幻、大起大落、惊世骇俗、可歌可泣，让人侧目。

余浩然在七兄妹中，是个"尾巴子"，最小一个。父亲早年为私塾先生，平日练得一手好字，诗词歌赋，题诗答对，在地方小有文声。不过，天不假年，父亲在他5岁时就病逝了，给家中留下的唯一遗产就是五亩九分薄田地。一家八口全靠兄长教书馆私塾的微薄收入撑持。在如此困苦生活的煎熬下，兄长还是坚持将余浩然送进私塾研习功课，把振兴家业的希望寄托在小弟身上。余浩然自小聪明伶俐、能说会话，照理推论应有几分天赋。过久了苦日子，漫漫长夜盼天亮，全家人的盼头像聚光灯一样聚集在小弟身上。在小农经济的社会根脉里，一个家族有个出人头地、顶天立地的男子汉，这个家族荣华富贵的前景就指日可待了。

后来的事实证明，余氏家族的这个期望被余浩然改变了方向。7岁时，他入私塾就读，先是在本村塾师余敏隆名下就读三年，又移读于东屋村余彦中经馆名下二年，随后又转至丰城十二区佛楼村甘焕章先生经馆名下连读三年。在连续换了三个私塾先生后，学业进展不是很大，加之家境困苦，按照兄长与母亲的计议，由表兄朱学海介绍，余浩然前往汉口，在汉口市花布街口邹协盛金号当学徒。由于余浩然善交际、有口才、能说会道，"有几把刷子"，在学徒期间，余浩然得到邹协盛的器重，除了平日的学艺之外，邹协盛还经常带他出外"跑水"，时不时前往上海、广州等地购买沙金。这样的经世历练使他闯荡江湖有了本钱，对社会、对江湖的险恶都有了几分掌握，悟出了些道道。余浩然在外面的世界既收获了金钱（不过，这个金钱不是他自己的，而是老板的），又收获了自己的知识、智力、才干和素养，他开始长大了。三年的学徒生活给了他一份丰盛的人生早餐，让他品尝得爽身惬意。顺水行舟，余浩然英气勃发，充满热情地投身到人生大舞台上去。就像雏燕一样，他开始飞翔了，舒展翅膀融入大自然。就在他的学徒生涯即将结束之际，邹协盛提前在汉口的汉正街办了一桌丰盛的筵席，为他摆了一桌出师酒。按常理，这桌酒席的费用，应该由余浩然自己掏腰包。可这一次例外，邹协盛按住余浩然的手，把他显得有些捉襟见肘伸进衣兜的手，那掏出来的几块带着余浩然体温的现大洋重新塞回了余浩然的荷包。邹协盛说："你我虽是师徒，亦形同父子，哪有父亲让儿子掏腰包的道理？"余浩然激动得热泪夺眶而出，当即跪在邹协盛的面前，三拜九叩，行弟子礼。自此，余浩然在邹协盛金号如鱼得水，八面玲珑。邹协盛对余浩然更是器重，委以重任，让余浩然跑水的同时，起用他当起银楼的账房先生。余浩然担纲后，如履薄冰、战战兢兢，就像一位虔诚的居士，侍弄着邹协盛银楼的香火，把它越烧越旺。

余浩然相帮邹协盛打理银号，不遗余力，几乎用尽招数。他每天比老板起得早，比老板睡得晚，每分钱都用在刀口上。工人的工资、伙计们的伙食、往来账目，他都一清二楚。凡是过他手的银票，都做到日清月结。这种经营风格让邹协盛对他厚待有加。但是，余浩然也有他的大方之处，待人接物，社交往来，他的出手有时甚至让邹协盛也感到难以适应。不过，这种出手不凡、精诚待人的努力，让邹协盛金号尝到了甜头，财源广进的繁荣让邹协盛对余浩然刮目相看。后来他几乎把邹协盛银号的内外管理权悉数交由余浩然掌管，尤其是对上海、广州等地各个银号、票号的交接往来、账款的划转流变，都由余浩然打理。跑水的经历使余浩然见多识广，应对自如，跑水过程是余浩然认识社会的一个重要因素，也是他能力和素养提升的契机。很有趣的是，在同事中，余浩然有了个既褒又贬的外号——"路路通"，余浩然听了，自我解嘲，一笑置之。

　　日子就在这样风风火火中度过，好景不长的是，卢沟桥事变后，日寇开始更猖狂的侵略行径。1938年底，武汉沦陷，众人商议一番后，关店走人。同事们遣散的遣散，逃命的逃命。让余浩然心怀感激的是，邹协盛老板却另眼相看，把余浩然带在身边，跟随他的家眷一道，乘车辗转经长沙、常德、源陵等地做短暂停留考察后，一行人随着逃难的人流来到贵阳，在贵州省镇远县安身，开设汉协盛银楼。邹协盛指定余浩然总理该店一应大小事务，并委派熊鸿善、冯发德、余广祥协助余浩然分管柜内、柜外工务。俗话说：士为知己者亡。余浩然表现得更加勤勉，他就像装了加速器一般，不遗余力，四方奔走。跑遍贵阳地区不说，还经常循来路去常德、源陵、长沙等地跑水，收购沙金，出售金银饰品，把汉协盛的金银生意做得风生水起。金银生意做到如此份上，不能不说，余浩然有着从事金银行当的特殊本能与才华。屈指数来，余浩然在金银生意场上摸爬滚打已有十余年，业务了然于胸，他不同凡响的行事风格、诚信为本的做人之道、独辟蹊径的经营理念，让人刮目相看。他风度翩翩、器宇轩昂，俨然绅士，同行之内嫉妒者有之，称羡者有之。

可惜，好景不长，1939年底，国民政府颁布禁令禁止金银自由流通和自由买卖，汉协盛几乎把所有的店员、技师辞退了个干净，只留下余浩然、熊鸿善、余广祥、邹庆贵。

汉协盛的门牌摘下来了，金银生意不能做了。邹协盛说："大活人总不能被尿憋死。有手总得干事啊！"几个人一起商量，就来了个摇身一变，在湖南衡阳开设了祥记庄，表面上说是做纱布行业生意，实则是"挂着羊头卖狗肉"仍在做金银生意。余浩然这个干惯了跑水角色的，照样闲不住，四处跑动，为老板邹协盛卖力。

邹协盛有着特有的狡黠，平日行事既谨慎又很小家子气，他使的不少手段仅是商家惯用的小伎俩，为牟利而采用一些不得已的手段，算是打个擦边球。采用钻空子的方法和其时正风雨飘摇的政府玩玩捉迷藏，躲猫猫，这也是邹协盛、余浩然他们在长期经营过程中学来的一大招数。余浩然之所以成为邹协盛身边最得力的助手，有其不可多得的生活本能，就是其左右逢源、足智多谋的本领。在长久的商场奔波中，余浩然练就的应对能力已经足以证明他具备了成为扛鼎人物的才能。一旦气候、机遇、时空能够让其施展才智，他就能横空出世、独步逍遥，成为领军人物，成为商场的佼佼者。

祥记庄开业不到一年时间，便关门歇业。政治态势和政府的腐败以及日寇的入侵，使得销售趋淡，商业疲软，上蹿下跳、用尽心计的邹协盛也感到心力交瘁。由于年事已高，他决意退出商战，回老家安度晚年了。余浩然对邹协盛此举既感意外又不意外，他面对关上的店门，不由得扼腕叹息。同时，他总觉胸中有块垒，难以排解。大丈夫有志未达、才智难舒展的难言之隐让他对金银生意场多了几分眷恋。

邹协盛退出商战后，余浩然原本打算就地接受祥记庄自己独立经营，思忖再三，他又改变了主意。邹协盛关店走人时，大发慈悲，给每个人都派发了遣散费，余浩然不仅得到足额的遣散费，还额外得到了邹协盛暗中发给的部分资助金。告别恩师邹协盛后，余浩然带着几分惆怅，与店中的几个随员一道，来到柳州，开始了自己的创业历程。

据柳州银业史记载，历史上，柳州的金银首饰业比较兴盛。开店经营的商人大多为广东和江西人，经营方式是前店后场，前柜后作坊，即买卖制成的现货，也按照顾客需要的样式加工。主要产品有手镯、臂镯、项链、围裙链、金锁、凤钗、金耳环、金戒指和麒麟帽花、项圈、脚圈、腰带、长命锁等，大型金铺还铸造标有成色、字号和不同重量的金条银锭，经营黄金买卖。民国二十六年（1937 年）抗战前，设在苏杭街（今小南路）的金铺银号有"南泰"、"盛荣"、"刘东盛"、"吴钜丰"、"西南"

五家，在大南门（今曙光东路）的有"金亿和"、"唐天茂"、"隆太兴"、"明生"、"公盛"等。其中"西南"、"盛荣"、"公盛"、"隆太兴"四家金铺为合股经营，业务量以"南泰"、"盛荣"、"金亿和"三家较大。"刘东盛"、"吴钜丰"一直经营至抗战时期，其余各家则先后停业。

抗日战争爆发前后，柳州相对稳定，内地的一些商人来到柳州谋求发展。民国二十六年（1937年），山西商人毛祥云在庆云路（今中山中路）开设"老凤祥"金号，此后"老天宝"、"新天宝"等金号分别在苏州街、庆云路开业，柳州始有称"金号"的金银首饰店。老天宝的老板就是江西新建人余浩然。1942年，香港、广州湾（今湛江市）、河内（越南）等地相继沦陷，对外交通受阻，内地游资缺乏出路，官僚资本占据市场，以经营金银首饰为名，从事金银投机活动，"同和"、"万园"、"永华"、"同丰"、"老同兴"、"宝泰"等金铺先后开业。1943年6月，港商"永隆"金号在沙街开业，聘请柳江县商会常务理事所张殿卿为经理，经营黄金汇兑业务，使柳州的金银买卖进一步公开化，1944年11月日军入侵柳州前夕，该金号迁往昆明。

民国三十六年（1947年）2月，上海发生黄金风潮，国民政府规定黄金、白银、外币只能向中央银行出售，禁止买卖，柳州银楼业经营转入地下买卖。金号为争取经营的合法性，于1947年3月10日成立柳江县银楼同业公会，推举"老天宝"金号经理余浩然为理事长。由于通货膨胀，物价一日数度飞涨。

1948 年冬，买卖金银风又起，一些较大的商号、经纪行都转向金融投机。先后开业的商号，苏杭街有"老凤祥、老宝成"、"老宝庆"金号和"同振"、"宝昌"、"刘东盛"、"吴钜丰"金铺；庆云路有"老天宝"、"新天宝"、"同丰"、"天宝楼"、"老丹凤"金号和"庆成"、"汇丰"金铺；中正南路（今解放南路）有"老天成"金号；培新路有"宝元"、"国泰"、"宝兴"、"宝容"、"永兴祥"、"福源"、"和昌"、"宝华"金铺；古香东路（今曙光中路）有"集兴"金铺；驾鹤路有"老文兴"、"老宝盛"、"老同兴"金号和"同和"、"万园"、"永华"、"永兴"等金铺。市内金铺、银楼最多达到 30 余家。1948 年 6 月，国民政府允许黄金、白银买卖后，庆云路、培新路、沙街成了金融投机的公开市场，沙街中段最多时一天可成交黄金 1000 多两。柳江县商会为管理这种街边交易，在黄公巷 12 号成立柳州交易所，规定金、银、外币进所交易，成交登记，酌收费用。初时买卖双方乐意到所成交，后怕追查非法所得和纳税，不再到交易所交易。一个多月后，交易所关闭。由于通货膨胀，1949 年下半年有的商号因投机失败而倒闭。"老天宝"金号经理余浩然私办"存金"业务，也遭厄运。余浩然当年 10 月潜逃不见踪影，债权人 70 多人，债务黄金 200 余两，成为当时银楼业倒闭最大案件。柳州解放时，金铺、银号大多数自行停业。

余浩然来到柳州，既来之，则安之。他在研判了柳州市场的金银行情后，极力说服原邹协盛银号几位店员熊鸿善、余焕文、钱子玉、熊于贵，五人一道，凑足金子三十两，合伙经营"老天宝"金号。众人商定由余浩然操盘，任该店经理。这似乎是个非常美妙的创意，金号运转后，很有信誉，每日迎来送往，生意日见起色，金号利润也较可观。俗话说：九个合伙十个拆。生意场上，互相倾轧，尔虞我诈，几个承业者的关系微妙。一旦店中有大的进项，几个人都把心思倾注在利益之上，其利润的分配经常引起纠纷。再加上余浩然出手大方，做人讲信誉，不计利、不计得失的处世观，给几位董事很大刺激，认为他将大家的钱打水漂，于是常常从中作梗。真正到散席走人的地步，已经是1943年下半年的事情了。按照我对人物特质的判定，余浩然此时权力欲与领导欲已急剧膨胀，他已经对几位束缚他手脚而缺少才干的董事感到厌倦。每天只知道闹嚷嚷地吵着要分红，却不知这钱来之不易。闹也罢，吵也罢，余浩然全不吃那一套，他是天马行空、独往独来的异数，当然也有我行我素的强人习气。他受不了旁人的指手画脚和指指点点，董事们小家子气的做派让他大失所望。按照他建立一个金银器王国的理念，就必须甩开膀子干，这就是余浩然的个性，离开了这一点，也就不成其为余浩然了。闯荡江湖，纵横驰骋，大江南北留下的足迹，丰富了他的阅历，也成就了他的大将风度。他举手投足，俨然一代英主，目光如电，傲气凛然，老板的做派让人望而生畏，严苛的管理手法让店内的员工感到难以适应。员工们闹腾起来，甚至全体下柜，停工不干，给他下马威，他却毫不在乎，我行我素，照行不误。今天乘飞机去上海，明天乘飞机去广州，乘轮船去南京，打快马跑贵阳，交朋接友，礼尚往来，娴熟的交际能力让他出尽风头。他在客户面前应对自如，凭三寸不烂之舌，他就能让客商将自己荷包内的金子心甘情愿掏出。董事们对他有看法，当然指的是他在应对客商时的挥霍无度。既然大家心不同出，何苦扯在一窝，余浩然最后选择了拆伙，独家经营。在两难的选择面前，余浩然没有成全董事们，而是成全了自己。没有妥协，没有屈服，没有退让，没有丧失斗志，而是另辟蹊径，走一条自己的路。

余浩然谈到这段经历时，不无感慨：

我自小由父亲在本村宗族谱上取有三个名字，小名余国予，派名余聚钟，号浩然，1934 年到汉口去学徒时用的就是派名余聚钟，到 1940 年改用余浩然，当年改名用余浩然是有原因的，1939 年我和熊鸿善帮邹市云老板在贵州镇远县开办汉协盛金号，由我任副经理，有一次我去沅陵向老板告知店内开业情况（老板住在沅陵），在马路上遇见同乡同行萧诚昆，他要我到他家吃饭（他当时是芷江同风金号的老板），在相互交谈中获悉他跑水得意，却不说明跑到了什么地方。到他家后他爱人透露出他去的地方是云南省昆明市，并说该地金银饰品价格较沅陵地方有时高过一倍，其主要原因是交通困难，一怕翻车，二怕途中遇到抢劫。我将此事告知老板，他就和我商议，叫我前往。当时我无伴不敢去，后来老板就打电话给芷江老宝盛金号经理熊于贵（他是我师兄，老宝盛是胡海轩、黄元合伙开的），约熊来沅陵同往昆明。熊得悉如获至宝，次日即来和我同往，结果这趟跑水获取很多利润。随后老板仍陆续派人前去。我回镇远后，不到一月，伪政府颁布禁止金银自由买卖禁令，所有的金银首饰店都要将原有的金银指定交当地伪中央银行设的收兑处收购，但是收兑处牌价远远低于市场价。20%的同业都不愿将金银悉数售给收兑处，只以商会登记证上（保证）资金数字交售。汉协盛人领执照时登记只报3000元资金，当时牌价扣去税费后兑换不到10万，店中实际有50余万周转金不在此限，只售给收兑处20余万，不到半数。当时收兑处也不查账（各金银号的账）。后来中央银行设立稽查处，原有关部门的金银业首饰店都交由稽查处查账核实数字，全部售给收兑处，如未售足的都要交补（按税务局盖章的账户）。但汉协盛早已关门两三个月，职工也遣散了，镇远没有任何人。熊鸿善已返家探亲，我也被老板调至衡阳祥记工作去了。汉协盛的账也没法查到。同行黄元贵早已离婚的爱人是江西人，后来与稽查处负责人结了婚，她很清楚我同乡同业的底细，老板怕她说出其在沅陵的住址，稽查处会找他麻烦，同时老板在同业中也是资金最大的一个，赚钱也不少。为了避免纠纷，他将家眷迁往桂林居住，因途经衡阳约见我，再三嘱咐我不要用余聚钟这个名字，以后用余浩然。主因是由于稽查处找到我，要按汉协盛的结存账的数字交金子，价格吃亏，同时害怕要交售底本。可是伪稽查处根本未问过此事。1940 年 1 月份伪政府也就取消了这个禁令，各地金银首饰都按照原样恢复营业了，以后我就用余浩然这个名字一直到现今。

我帮老板和自己合伙开店时，大部分时间担任外埠跑水工作，1948 年从汉口到湖南省境后，在长沙、常德、益阳、汉寿、芷江、衡阳、沅陵等地都跑过，相熟接触的人都是同乡或者是同业，在长沙有李文玉金号的李国荣、李福卿、潇涤华、潇禄华、潇振华，永华金号的滕焕臣，老物华金号的邱德祥，同风金号的余秀衍等人；在常德有胡吉和号的胡执澎，邹庆孚的胡久誉、邹长发、邹佩仁，同风金号的陈藻卿等人；在沅陵有老宝盛号胡海轩，邹庆孚号的邹兆祥等人；在益阳县有天宝金号的甘逸庭、甘澜臣，同风号的甘衡臣；在汉寿县有老凤祥号的熊友华等人；在芷江县有同风金号的潇诚昆，老宝盛金号的黄元贵、刘英雄、熊于贵等人；在衡阳有同风金号的熊有祯，李文玉金号的潇台夫，老宝盛号的余亮昌等人；在广西境内的桂林、南宁、宜山等地，桂林有同风金号的胡中焕、胡有源，罗集泰金号有罗兆仁、罗子云，老丹凤金号有滕举良、滕景山，邹协和金号有邹祥祯等人；宜山县有同风金号余演中；

南宁有新天宝金号余仁麒、余仁书、金智楠，福一行有马器等人；贵州省境贵阳李文兴金号李予宜、陈云辉，宝成金号有陈发辉，宝庆金号的有袁德全、吕学海、邱名矗等人；昆明市有同风金号甘楚华，同和金号熊承佑，宝成金号余秀何，天宝金号的夏建梅；重庆市有宝庆金号刘经理（名字记不详）是浙江人，大学银行刘诚之，广州市联行邹庆贵，永泰隆号有邓样、邓棠、沈约、黄奇、黄恒南、余焕文、熊于贵、唐再明等人；在上海有大德成金号施承卿；湘阴有夏作明、金渊贞、邱英佑等人，这些人完全是因业务联系接近的。

余浩然做了自己店中名正言顺的老板，成了真正意义上的当家人，单打独斗，重新闯商场，跨银海，淘金漉银，为后发向前积累资本。

有句名言说得好：未来属于那些有准备的人。余浩然的经历充分印证了这一点。生活没有给余浩然带来巨大的财富，却给予他独立于人海、鹤立鸡群的出众形象。

1944年，当日本鬼子一路南侵，到了柳州时，老天宝积攒的金子（资本金），除日常开销已有七十余两。

再度逃难，动乱的生活并没有给余浩然带来常人的痛苦体验，也就是所谓的烦恼与忧愁。他毫不在乎生活加于他的困顿，在逆境中崛起，一路逃，一路做生意。其时，也有人说，余浩然此举是发国难财。其实不然，他的介入和他的勾兑，使不少忍饥挨饿的百姓由于手中有了硬通币而多了条生路。要说，余浩然是个人，也是个凡人，面临乱世，死而后生，我们也不可以求全责备他不是个救世主。余浩然本不是个圣人啊！

1945年下半年，抗战胜利，全国人民都从心底舒了口大气。余浩然带着家人，匆匆自贵州安顺赶赴柳州。余浩然心下惦记着广西柳州庆云路一号老天宝店面。他在心里盘算，决意在这个他掘出第一桶金的地方，再度披挂上阵，大展宏图，把金银生意做到极致。

其时的柳州，惨遭日本鬼子的蹂躏，已是满目疮痍，街烂店破。余浩然和家人回到老地方，眼前惨状，让他们大为震惊，老天宝银号这栋属于广西王李宗仁叔叔李振雄的房产已经化为灰烬。

凭着一份雄心，凭着一腔热血，凭着过人的勇气，凭着十几年闯荡江湖的经验，他内心笃定，要从这个地方重新站立。他要让过去的熟客和未来的新客都感受到他余浩然的满身浩气和业态的生机。

余浩然带着新的期冀，开始在庆云路一号上下工夫。

他找到房东李宗仁的叔叔李振雄，经过多次喝茶约谈，双方议定由余浩然重新租用银号楼址。余浩然提出这般的请求时，连李振雄也觉得好笑。面前已是一片焦土乱石，余浩然竟要把他租下来。李振雄认定这余浩然疯了。

　　从焦土上重新立起一幢房子，绝非易事。余浩然既然有意重新建造这所房子，也许就有他内心的如意算盘。李振雄虽然觉得不可思议，但是，余浩然愿意这样做，对他来说，简直是求之不得的美事。不过，他还是要考考余浩然的诚意，看看他的决心到底有多大，看看这个犟人到底犟到何等程度。既然余浩然执意要租，他便有意要挫挫余浩然的锐气，将租金抬高。他提出房子归余浩然建，每月还得交房租十二担大米。按说如此严苛的条件余浩然应该冷静思考，重新评估自己决定的正确性，以及这个店开张后命运如何？没想到如此苛刻的条件并没有让余浩然退马。余浩然快人快语，嚷道："钱不会说话，人会说话。你愿打，我愿挨，两厢情愿，求之不得。"

　　房子就这样轻而易举地租下来了。

　　余浩然造房的本领也不差，他甩开膀子，大兴土水，要建一座他想象中富丽堂皇的金号，成为柳州城内第一家。

　　庆云路一号置身闹市，地处柳州繁华路段，平日里，人来人往，车水马龙，还真是块风水宝地。余浩然几乎把所有的人力、物力、财力都用到老天宝的重新开张上。很快，一幢两层的建筑耸立在街面。

　　1945 年腊月初八，新的老天宝金号在长长的鞭炮声中开张了。

　　前来恭贺的人一拨又一拨，流水席吃了一桌又一桌，真可谓高朋满座，胜友如云。广西王李宗仁的叔叔李振雄见余浩然够朋友，也竭尽全力，鼎力相助。凭着在广西的人脉，为余浩然牵线搭桥，招引来好一批高官显贵。这其中有李宗仁的副官熊天梦、四战区高参邓圣象、处长曾伯瑶、柳州专署专员、柳江县陈县长、警察局长王景宜、柳州法院院长等。酒席摆在柳州有名的珠江酒家，豪华的做派把人们牵入梦幻般的情境。余浩然使出浑身解数，送往迎来，得意洋洋，一副大老板模样。只是，待到开张过后，计算这一路来的开销时，却让余浩然傻了眼。建房、装修、购柜台、买床桌、办酒席一应开支竟花掉金子六十余两。

花也就花了吧，余浩然似乎也有几分心安理得：钱是人赚来的，人赚人钱，有出才有进，你想别人心甘情愿从自己口袋往外掏钱，就须用些手段。余浩然的家人对他这样挥霍的做派颇有微词，可他不以为然。他认为，前期做到位，后期收获就大。网织得好，鱼也就打得多，打得大。余浩然的经营哲学用得太活了。后来事实也完全证明了这一点。老天宝重新开张后，生意兴隆，人进人出，熙熙攘攘，财源广进。不过，这中间也出了一个小插曲：一天，国民党的一个团长腰间别着枪，威风凛凛。还没进金号大门，就大呼小叫着要老板来见。余浩然听人报后，急忙从后面的作坊赶到柜前，一看来人派头，当即欠身应对，连连询问长官有何需求。那团长见余浩然一副软相，以为老实可欺，当即便用马鞭子指着柜台里的金链子和金条，以低于市场价的平价索要。团长手握着枪把儿，狂妄自大，耀武扬威，手上的鞭子指指点点，看架势，他的要求必须满足，毫无商量的余地。余浩然深知这是一位硬佬，不敢硬碰，暗自将徒工戴浩然拉到一边，飞快地附在他耳边小声嘀咕几句。

不一会儿，就在团长擂桌子、打板凳、咆哮发怒之时，李振雄进来了，他二话不说，来到团长面前就是两个响亮的耳光。这团长丈二和尚摸不着头脑，见来人气势汹汹，多少有些懵了。他也来个以其人之道还治其人之身，拔出手枪，顶住李振雄，威胁道："你是吃了豹子胆，还是吃了熊胆，竟敢打老子。"李振雄慢吞吞道："不打你打谁？是李宗仁让我打的。"

团长听了李宗仁几个字，"叭"地一个立正，那刚鼓起的腮帮子，霎时泄了气，连赔不是，傻笑着灰溜溜往外跑。

余浩然的人际关系做得扎实，很有些功力，在寻求上层社会及各界人士做"保镖"的同时，还十分注重各类人际关系圈子的编织，形成一只大网，便利生意经营，也让自己赚钱赚得心安理得。平日应酬自不待说，为了稳基固本，使自己立于不败之地，笃定老天宝金号地面的外部环境稳定，他与一位吉安籍人士一道，组建了柳州市江西同乡会金银同业公会，他亲自担任同业公会理事长，江西同乡会副理事长。在募集同乡会中学基建款时，他一次性就大方地带头捐款500块现大洋。出手阔绰，让众多江西籍商人叹为观止。

余浩然的老天宝就是在他放荡不羁的性格中一路前行，靠着李振雄这张王牌保镖做着发财梦。诚然，这种梦想对某些人来说是野心的体现，真正放大这种梦想，又是人的一生所追求的理想、信念。我们绝不可简单以"人为财死、鸟为食亡"来衡量余浩然的行止，有时，他也会惯用商界的老套子来经营，采取卖空买空的手法诱取存金，扩充资本。他对店中的管理也有一套，柜上的账房先生汪尚林仅负责铺上生意兼现金外账往来，而店中的内账则由他的侄子掌管，内幕高深莫测，外界难知其深浅。正是余浩然一手软、一手硬的经营方式，使得老天宝真正成为柳州市面上背景硬、铺面大、码头好、势头强、生意忙的金店第一家。

余浩然的管理手法多样也体现在员工管理上。他雇请工人的首要条件是忠诚可靠、老实听话，而且必须听从调遣，不计较工薪多寡。店中师傅工资每月保底最低10个银元，徒工每月2个银元。老天宝每年的利润都十分可观，有时多达200多两黄金。大有大的难处，余浩然经营老天宝，也有他的瑕疵，他这个人出手阔绰，待人大方，平时用于吃喝玩乐的钱不在少数，奢侈的生活方式使老天宝陷入船大难掉头的泥淖。临近解放，国民党的金圆券满天飞，几乎给了老天宝和余浩然一闷棍，一时余浩然于大局面前感到茫然不知所措。尽管他辞退半数以上员工，裁撤了不必要的外勤人员，仍然无力回天。老天宝最后因资不抵债，破产清算，被柳州法院查封，余浩然也被拘押。

不过，法院债权清理后不久，余浩然被假释出来。在混乱与纠结的缠绊中，余浩然选择了远走高飞，带领全家老小乘飞机经广州逃往澳门。

人满为患的澳门并没有给余浩然带来福音，全家在困难中度日如年，儿女嗷嗷待哺，加之澳门的住房及店面成了奢侈品。余浩然面对如此不堪的乱局，除了唉声叹气，别无他法。在痛苦挣扎了四个月后，终于做出新的抉择——回老家。

石岗的游子回归了。浩然之气与故乡的地气对接，终于找到了自己的归宿。虽然这种归宿对于他来说，有几分错愕，甚至也受到一些冲击，他还是坦然以对。

老天宝让余浩然的浩然之气气贯长虹，可是，就像是人生的实验田一样，尝试了，努力了，做得有模有样，心下也就舒惬坦然了。时势造英雄，但我们也绝不可以成败论英雄。他晚年在改革开放大气候的鼓舞下，老骥伏枥，再度出山，成为石岗赛银厂的扛旗者，其如歌似虹的岁月，既成就了赛银厂的辉煌岁月，也奏响了他生命晚景的完美浩歌。

他是石岗银器史上一个值得大书一笔的人物，正是他们那一代老银匠的努力和精心培育，石岗现代史上涌现出众多的金银器经营精英。许多从赛银厂走出来的徒子徒孙，提到他都赞叹不已，都说没有老厂长的牵引，就不会有石岗金银业今日的兴旺发达，更不会有这么多石岗人步入这个行当，成为全国金银器网点中属于石岗人的另类世界。他是拓荒者，也是领路者，更是参与者。

余浩然，一个值得记忆的人物，铭记于石岗银器史中，他将成为这段历史的真实写照。

十七、诗意盎然的斜上村

一般开基祖，在建村立业时，都会请来风水先生勘察一番，把四周的山水田园一一审视个遍，按照风水学说，将基地的文脉、福脉、禄脉，细细掂量，定好村子的朝向，随后，合族开宴，喜庆开基。第二天一早，仪式开始前，先将众位祖先牌位坐村尾朝村前安好席次，一挂爆竹响过，族人将公鸡祭于基前，以公鸡血滴于酒中，众人举酒碗过头。族中长老一声吆喝："开基！"众人相随而呼："开基！"随后锣鼓唢呐齐鸣，其场景壮观激昂，打仗全靠父子兵，开基就更毋庸置疑，需要族人齐心协力，挖基扛石，裁木置瓦（更多的是搭茅草房、土坯房）。这种造屋运动，把一片宁静的山水搅得生机盎然。更有那族中文士、挚友亲朋，前来基地吟诗答对，彰显文气，族众于是多了几分底气，也有了对外炫耀的本钱。

熊姓在新建县地方，算是一方大姓，其族人繁衍生息，成就了自己的人文特色。清乾隆年间，熊姓文士熊建华曾赋诗颂扬石岗这片山水：

闲步门前盼夕晖，厌原高耸势巍巍，四时秀色笼青嶂，万壑寒气护翠微。已见烟云归洞府，还看星斗落岩扉。山中晚景如图画，吟对银缸把笔挥。

相传大林田北斜上熊氏实属楚之远裔，世居抚州地区崇仁县之荆林巷，熊庆元为一世祖。庆元公的孙子熊明彻，字秋蟾，号冰鉴，因唐懿宗时举贤良方正，授任成都府尹。唐黄巢起义时，为避世乱，熊明彻的第三子熊忠良偕族兄一行六人，欲西北而行。率全家老小，举烛焚香，祭拜祖先，于祖庙辞行。

这天的天气，雾霾重重，阴云密布。全家人心事重重，仰望昏暗的天地间，不知今后何处是栖身之地，心下茫然。跪拜的人堆中，不知哪位妇人受不了这压抑气氛的折磨，"呜"地大哭起来。

熊忠良心虽怆然，却一脸铁色，冷峻而坚忍，狂呼一声："天无绝人之地，谅我熊家一门忠诚坦荡，岂会受到尘世的冷落。"随后，端起酒坛，给桌上的酒碗一一斟满酒。第一杯，敬天地；第二杯，敬族祖；第三杯，敬族众。又将公鸡宰了，给每碗酒滴上几滴鸡血，疾呼："我们兄弟姐妹一场，今日打狗散场，来日方长，如遇天赐福地，发我后裔。请诸位千万不要忘记我们是荆林巷的后辈血脉。"

众兄弟姊妹听此一言，立即响应，众人齐刷刷跪于祖宗牌位前，三叩九拜，举礼辞行。临上路熊忠良等一齐捧起铁炉于祖宗灵前祈祷发愿："铁炉坠地之处便是我等兄弟几人的开基之地。"熊忠良兄弟一路扶辎重而行，来到瑞河沙湾地方，铁炉偶然落地。于是，熊忠良乃对众兄弟说："得非此土，可以长我子孙乎！"兄弟们一致赞同熊忠良的意见，于是举行盛大的如前所述之开基仪式，大家一起动手，筑室而居。铁炉坪也因之得名。

斜上垱下来之于铁炉坪，两村相距不远，却有祖宗传承关系，斜上垱下是分支立派的后追者。斜上垱下两村近水，与锦江仅一堤之隔，田地的收入算不得丰稔，面朝黄土背朝天，物产的收成，当然是稻谷，无法让众多的啖食者得个温饱，更不要说小康生活。于是，为寻找特殊的谋生手段，几乎每一代都在做着不同的努力。

生命好像没有捷径可言，殊途同归的命运纠结，让生活在这个水边村落里的人们麻木了。长久的农耕岁月里，小挑担（即货郎担）成了谋生的最好选择，以物易物的交易方式让人们模糊了金钱的价值。米谷撑不倒人，水土也饿不死人，斜上垱下人饱受生存的苦涩，只能在传宗接代的进程中，教育后辈重文重艺，二者皆兼，真所谓鱼我所欲也，熊掌亦我所欲也。只要能生利的行当和办法，斜上垱下人都会去做，而且要做到最好。斜上垱下人的脑子灵光，很管用，这是我在斜上垱下村待了一天得出的深刻印象。他们的终极目虽然着眼为利，却很讲究追求和造就。民国时期，这里出了好几个名人，当然是手工艺艺人，熊庆茂就是其中颇有名气、用自己的手和脑雕琢金银的名师。

我是接受熊庆茂的孙子、新建县大华金店老板熊卿林的盛情邀请，前往斜上垱下的。这个村早先我也去过，可是就没有这次的印象深刻。

前往斜上垱下村的路上，我与熊卿林都在谈着金银器，谈着他的祖父熊庆茂，谈着斜上垱下村人给自己找出路、找生路的坎坷经历。

斜上垱下村的路像是三国孔明摆的八卦阵，迷宫一般。村口的小庙做足了村子的风水。从小庙发散开来的路径弯弯曲曲，好像多了几分哲理，让人细细思量。不过，当我在各处转了一圈后，似乎又多了些新的感觉。这路的复杂性从另一个角度印证了斜上垱下村人的头脑灵光，有思索，有智慧。从事一门技艺既要有天分、天性，又要有创造，在千变万化的村路中人所特有的灵慧得到放大和拓展。这些村路所带来的启示使我对斜上垱下村人刮目相看，同时也对他们的心计略见一斑。斜上村和垱下村各有一处家庙，庙中供奉着杨戬和土地神。在石岗地方，大多的村庙和天子庙都供着杨戬，作为一位神话中的英雄和将领，他得到石岗人的厚看，其内中缘由至今没有几个人能扯得清。有人说：杨戬是一位所向披靡的战将，他身上的盔甲就是石岗人的祖先敲制的。杨戬穿着它，打了不少胜仗。于是杨戬很得意，每次胜仗归来，都要用战利品赏赐石岗人。正是杨戬给石岗人长了脸，石岗人便世世代代用香火祭奠这位他们心目中的圣人。还有一种传说讲的是：杨戬在西山万寿宫前的九龙山上炼丹救母，在玉鼎真人的悉心指导下，杨戬炼丹成功后，吃下了仙丹，便一鼓作气，用刀劈开西山大岭中的桃花洞，一举救出老母。不用说，杨戬是神仙了，是石岗人心目中的神祇。置鼎炼丹与金银铸造、金银制作很有血缘关系，像是一对孪生兄弟，异曲同工，应该属于"近亲结婚"吧。石岗金银制作手工艺也许就来自于炼丹的灵感和启发。从某种意义讲石岗金银制作手工艺也是道教炼丹术的承继和传扬。选择杨戬作为祭祀对象，作为村中家庙的庙主，可见斜上垱下村人的良苦用心。看来杨戬于石岗金银制作手工艺的发展功不可没。

在斜上村的家庙中，有几尊神像很是活灵活现，据说是村里有名的木雕老艺人的作品，其中有一尊木雕菩萨，更有故事。相传那尊木雕神像，是民国时期松湖老街上天子铺的作品。天子铺是石岗周围四湖八县挺有名色的范庆云兄弟开的专雕菩萨的木雕店。斜上村的熊庆来从小就在天子铺当学徒，他虽然不是范姓传人，可他悟性高，师傅不让他上手，他就回到家里，用切菜的刀在家中按照自己的记忆、自己的心领神会雕琢一些小木工工艺品。渐渐地，一旦师傅让他上手后，他便轻车熟路，倾心而出，而且所创的菩萨栩栩如生，很受百姓欢迎。他的师傅范庆云在建国初期任江西省文联常委、江西省美术家协会第一、二届副主席，江西省政协一、二、三届委员，江西省一、二、三届人民代表大会代表，名声好生了得，他雕塑的艺术饰品图谱至今保存在江西省档案馆。为了纪念这位一生从事木雕艺术、功勋卓著的艺术家，江西省档案馆前几年曾为他编辑出版个人雕刻艺术专集。得到这样一位有声望的老艺人点拨指教，熊庆来的艺术成就便可想而知了。

说到斜上村的老艺人，我们又该言归正传，回到这本书的主题了。在铁炉坪忠良公的后代中，我们不得不提到熊庆茂这个人了。

农耕文化时期，石岗这个地名没有给熊庆茂先家族带来生活的改观，也没有给整个家族提供过更多的机遇。在石岗的山头望水，在锦江边赏月，岁月的枯荣有序，可熊庆茂他们的生活却是那样无序。

水偏、地偏、山偏，历史和岁月把石岗打发到如此的穷山僻壤。像锦江一样悠长的漫漫人类进化之路，没有在这块土地上制造惊天动地，没有给这块土地添加万紫千红的色彩。日子就这样在风雨的吹刷中，拂去一层尘埃，又重新布满灰尘，石岗这个岁月老人，蓬头垢脸，走过了多少清淡的日子，难以计数。石头缝中挤不出乳汁，长不出填肚封口的食物。石岗这个名字给人带来的总是穷困两个字，漫漫长夜，度日如年，石岗人在整个农耕时期，一直在水旱灾害中栖身。更多的人祸加剧了生活的动荡与变迁，求生谋变讨手艺，谋求自己的生存权利，成了一种奢望。

古驿道上奔跑的人中间总能见到石岗人的影子，夫差、邮差们从各地带来信息，从这里带走一批批童工，让他们成为徒工，成为繁华都市店家老板廉价的劳动力。在家守穷，出外受气，这就是石岗人出门在外寄人篱下的真实写照。谁也无法解开众多的谜团，谁也说不清这些徒工羁寓商旅之后所陷入的生活窘境。

　　说到熊庆茂从事金银打制手艺的经历，就不能不提到他的叔叔熊有真。熊庆茂的父亲和祖父都是地地道道的农民，为了让弟弟有个出人头地的机会，熊庆茂的父亲和祖父，在田上做文章，辛勤劳作，赚下的钱，熊庆茂的父亲便请祖父将钱供小弟上私塾。熊庆茂的叔叔熊有真读了几季私塾后，屡考不中，于是就选择了松湖街一家银匠铺当学徒。这家银匠铺的老板叫吕文玉，是个很有头脑的商人。后来，他拓展业务，举家迁往长沙，在长沙东大街开了一家银号。熊庆茂的叔叔熊有真得到吕文玉的器重，也跟着去了长沙，他放弃了银匠手艺，利用自己初通文字的能力，在吕文玉家当起账房先生来。熊有真管账认真，日清日结，来往账目清晰明了，更无贪渎污行，到后来，几乎成了吕家的管家。熊庆茂 10 岁后，家庭生活十分困苦，熊有真便向吕文玉请求，将自己的侄子熊庆茂从新建召来长沙学徒。

　　熊庆茂的脑子很管用，对老板更是精心伺候。他在吕文玉家当学徒，每天早晨天不亮便起床，先打扫庭院、店房。待师傅起床后，给师傅端上洗脸水，规规矩矩站在一边，等着师傅洗漱完毕，随后，又给师娘端上洗脸水，等师娘洗漱完毕，倒掉洗脸水，给师傅师娘端上茶点。伺候吃完，便开始在店房帮工，看着师傅手上功夫，自己留意用心，学着师傅的手艺。在这同时，还要帮厨房劈柴、烧火、挑水，每天没有偷闲之时。到了夕阳西下、门掩黄昏之际，将店铺用具收拾停当，再将店铺橱柜锁好。师傅上床之前，还得给师傅师娘端洗脸水、洗脚水，帮师傅师娘擦干净脚上的水珠，倒洗脚水。

有时，师傅为考验熊庆茂的忠诚程度，故意在门旯旮丢几块零碎金子，看你扫地是将这碎金子放进自己口袋，还是捡起后交给师傅。如果将金子放进自己口袋，那师傅第二天便让你卷行李走人。

熊庆茂在师傅的每一次试探中都没有贪小利失大义，得到师傅的好感和肯定。一次，吕文玉得了热病，卧床不起，有一客户因嫁女，急需赶制一批金银饰品。当客户一再催促交货时，吕文玉急得如热锅上的蚂蚁，不知如何是好，原本不重的病，被客户这么一催，病情更加严重。眼看交货的日子日益迫近，于是熊庆茂小心翼翼走近师傅的病榻，请求师傅将这批货让他试着做一做。吕文玉百般无奈，病急乱投医，也只好让熊庆茂敲敲看。首先熊庆茂做了根价值不大的银插针，没想到，这根插针工艺虽然不是很复杂，却做得弯直有度，很有几分功力。当熊庆茂将自己打制的银插针送到师傅床前让师傅过目时，师傅还真以为自己的眼花了。他说，做梦也没想到庆茂这样有心计，做工这么扎实，第一次真正单独上手竟会如此精到，当即应允熊庆茂上手。熊庆茂心身愉悦，手上功夫愈加灵巧，银器做得活灵活现，恰似神来之笔。这批首饰完工后，师傅的病也好了。熊庆茂做的这批活儿，由于做工精细、独到、灵动、惟妙惟肖，客户给予很高评价，小姐、太太们都爱不释手。

熊庆茂12岁到吕文玉金店中学徒，三年满徒后，他便上柜单独出手，20岁时，就跨入吕文玉店中一线师傅的行列，成了数一数二的名匠。说到熊庆茂最得意的一件事，就是湖南省主席何键的母亲做寿，在吕文玉金店中定做一嵌花的手工艺金手镯和一对金戒指。吕文玉将这两件金饰交给熊庆茂做。他交代熊庆茂，这两件金饰只能做好，不能做坏，千万不能砸了吕文玉金店的名声。熊庆茂接下手艺活后，高兴得彻夜难眠，他心知这个活是一次展露自己技艺的好机会，也是自我考量制作水平的机会。在度过热血沸腾的一个夜晚后，第二天一大早，熊庆茂便不声不响地来到柜台，按照自己的构思，开始了自己的制作进程。他鼓气吹合，制模錾花，敲打成型，镶嵌珠宝，每道工序都极其认真，师傅也不近前察看，远远望一眼，放心地让这个年轻人上手。

功夫不负有心人，几天后，当这几件金饰送给师傅验看时，师傅十分满意。随后，这两件金饰传送到湖南省主席何键的手上，何键觉得超出了他的想象，很快便将这几件金饰转达母亲。没想到，这几件金饰更加让何键的母亲喜出望外，说这样的饰品巧夺天工，乃世所罕见的奇巧物。何键见母亲高兴，再向吕文玉追问起是店中哪位师傅的手艺，吕文玉如实禀报，何键当即赏赐熊庆茂一两二钱黄金，以资奖励。从此以后，熊庆茂名声大噪，他亲手制作的金饰品成了"洛阳纸贵"的抢手货。自此，吕文玉更是器重熊庆茂，他小小年纪便成为吕文玉金店拿工钱最高的首席师傅。后来，由于熊庆茂在长沙的声誉日盛，他的堂弟熊庆甫、小弟熊庆安、表哥冒小初等也相继来到长沙，在吕文玉、余太华等几个金店当学徒。解放初，熊庆茂也和其他金银工艺师傅一样，走进了普通工人的行列。

"文革"开始后，一场破四旧、立四新的风暴把金银饰品也扫进了四旧的"垃圾堆"中。熊庆茂有手无处做，百般无奈，他从长沙机床厂退休回到老家，开始了农耕生活。可叹的是，一个工匠巨子，竟在进入知天命的年龄重新学习另一门手艺务农。一个农村强壮劳力，每天记十分的工分，他只能与小女孩一般记六分。每天十分工才有三角八分收入，可想而知，其时熊庆茂的生活困顿到何等田地。

20世纪80年代初，改革开放又给熊庆茂的生活带来新风。他的手工艺又开始派上用场，他与石岗街上的余仁麒、港北的余浩然联络，办起了让石岗人感到骄傲的赛银厂。

熊庆茂家庭的银器传人在这一时期得到发扬光大。当时带的徒弟有余华明、胡秋红、夏华明等，后来，由于赛银厂有规定，每位师傅可以带一个自家的徒弟，熊庆茂就把女儿生的外孙罗贤荣安排进厂。1986年端午节，赛银厂办得热火朝天，扩大生产规模，熊庆茂喜气洋洋回到家中，告诉家人，他要带自己的大孙子熊卿林进厂上班。这个消息，对斜上村的熊氏家族来说，可说是一件大喜过望的好事。这年，斜上村过节的爆竹放得特别响，爆竹飘起的香味也绵延流长。只可惜，熊卿林只是个编外学徒，跟班见习，没有工钱，仅图学手艺而已。

这年年底，熊庆茂带着孙子，离开赛银厂，前往长沙开店。一个月后，他的外孙罗贤荣也过来帮忙，店里的生意虽然很红火，但是，熊庆茂仅仅是受雇的师傅，并没有挣到很多钱。三个月后，熊庆茂又带着孙子熊卿林，来到南昌绳金塔边，在街头摆了个打制金银饰品的小摊，一个小柜子、一支吹筒、一盏煤油灯、一块铁砧、一个铁饼、一个锤子、螺丝刀和一些小工具，几个人配合默契，这年的中秋节，熊庆茂破例一下收了五个徒弟，大孙子熊卿林、二孙子熊金国、三孙子熊帮国、孙女婿余月根、外甥金华。1987年，熊庆茂考虑到自己年事已高，这门技艺应该广授于众，又再次收徒，有大孙子的郎舅杨红华、孙女婿钟奎、刘世友。在直系亲属和旁系亲属之外，他还收了不少徒弟，有侄孙熊渔宝（现在萍乡开金店）、杨白华、杨俊华、杨建华、杨建安、杨淑华、熊明华、宋立亿、宋禄华、余拐子、刘盛典、刘盛横。

熊庆茂的大孙子熊卿林随祖父在南昌摆摊后，1993年，回到新建县，在长凌镇文教路开起大华金店。熊卿林的内弟熊金国一直随熊卿林做金银首饰生意，后来也分开单独干，随后，熊金国又带了不少徒弟，刘世友、涂细春、万涛、杨福春、刘金朋、刘小朋、刘金龙、熊世荣。后来，熊庆茂的三孙子熊帮国也自立门户，前往颖川开了家金店，收益不菲。

熊庆茂播下的火种，在石岗大地上燃烧，他的徒子徒孙多到难以计数。这些人，头脑灵活，有拓展能力，后来都前往全国各地大中城市开起了属于自己名号的金店。大女婿余月根带着他的儿子余苏法，女婿吁根水、熊荡里，弟弟余亮根，妹夫符路生，嫂子余金妹；余月根这些徒弟又带徒弟，一代代传人像火种接力一样做好二传手、三传手甚至是四传手，余月根的孙子余坤、外甥吁红、熊兵兵、熊凯凯都在进入新世纪后成为全国各地金店的主人。

二孙婿金中奎，带有徒弟十几人，他的三个侄子现在都在上海开金店。三孙婿刘世友带的徒弟更有名色，是现代石岗银匠业的代表人物，像夏木华、夏木龙、夏之华等都成为湖南金银行业的代表人物。夏木龙的侄子、姨夫等现在都在深圳、珠海等地办起了金银店。

四孙婿杨淑华在新建县城开起了永华首饰店；熊庆茂的女婿罗来云一家，以其儿子罗贤荣为代表，在湖南长沙开起了金店，他的二儿子罗贤华在河南灵宝开起了金店；三儿子罗贤富在潼关开起了金店。

粗略统计，熊庆茂以师带徒，从一传、二传到三传、四传，至今在全国各地开办的金银首饰店不下三百家。

1988年，斜上村熊氏家族在石岗地区做了一件惊天动地的事。熊庆茂这个财神爷在外"捡"了金子回村,他要建一幢像模像样的房子,而且这幢房子应该是石岗地区最好的房子。亲戚朋友都来贺喜,路上不断人,灶间不断火,前来道贺的人川流不息,爆竹响个不停。上梁那天,按照旧俗,第一次在上梁那一刻由木匠师傅唱词,抛银毫子、钱角子。场面十分热闹。

熊庆茂还搬来族中旧谱,将其中一首诗抄录后,贴在中堂上:

> 南浮东岭莽苍苍,
>
> 隔陇村居望渺茫。
>
> 旭日初临千树表,
>
> 寒烟尚绕万峰旁。
>
> 哪知佛髻朝梳发,
>
> 不睹仙鬟晓整妆。
>
> 直待风从林际出,
>
> 吹开瑞雪灿文章。

这首诗是晚清一位石岗文人文堂炳为铁炉坪熊氏乡居祖基所撰。重新抄录的诗句也让熊庆茂其时的心境略见一斑。借诗明志,借诗明心迹,借诗抒发内心难以平静的心情,熊庆茂老人用心良苦。

熊庆茂用自己灵巧的手和精明的心智为自己打造了黄金屋,也为石岗地区的山里人家打造了难以计数的黄金屋。而且,他的手艺传承和德行传承更是一笔难以估量的财富。一个人留给后世的财富有两种，一种是精神的，一种是物质的，而熊庆茂老先生的身后遗产却两者皆兼。他皓首穷经、孜孜以求的金银手工艺，随着社会的变迁，已经开始渐渐退出市场，但是，如果我们重新将那些远离尘世的罕见物重新擦亮，我们就会看到金子的光芒。精湛的手工艺品是无法用现代自动化工艺复制的。熊庆茂所开创的金银饰品手工艺，体现了石岗人的大智慧。只要我们细细地去品赏从熊庆茂手上传承下来的各种金银饰品，金钗银簪、围裙链、凤冠、乌纱帽、戒指、耳环、手镯……你就会发现，这些金银手工艺品几乎每一件都超出了我们的想象范畴。它们虽然不会说话，可每一件工艺品都活灵活现，智巧稀奇，它所展现的无声之语，撼魂动魄，唯美的享受让我们穿越历史，看到一个民间精灵在艺海中的自由翱翔。

十八、凤凰飞人的绰号

在石岗、松湖一带，解放前，穷苦人家的子弟，想讨口饭吃，就得有一门遮身的手艺。孩子还没长成器，大人们就开始谋划着给孩子算计前程。理发匠、木匠、石匠、操篾匠、篆磨子、雕菩萨、做排工、走拉、晒香、铸烛、摆渡工、饭店厨子、纸扎师、箍桶师、补锅匠、补瓷匠、杀猪佬、镶牙师……林林总总，不一而足。在这些行当中，最有赚头、名望又好的，要算金银匠了。金银匠不下田，不湿脚，吃口好，工价高，只要技术里手，不愁饭碗，衣食无忧。

要入行，跨进金银匠这扇门，绝非易事。早年，石岗一带有"传亲不传戚，传男不传女"的乡俗，那些想入行学做金银匠的农家子弟极难跨入门槛内。非亲非故，想学这门手艺，得想方设法找牵线人。当然，这其中也有不少人为了讨口饭吃，驮米带饭去师傅店中做帮脚，不计报酬，用自己的勤恳努力和真诚感动店主，取得师傅的信任，放心其跨进"门槛"成为店中的学徒，从此开始吃上银匠饭，干上银匠事。头脑聪慧者，干着手上的杂活，眼睛却溜着师傅手下的功夫，将师傅的手艺一板一眼紧记于胸，背着人时，捏着泥巴做样品，虽然泥巴比不得银子有韧性，却也就手而成。原料无价，技术有价，熟能生巧，把技艺贯穿于泥巴里，蜕变成一身绝活。在师傅的眼皮子底下，成为行家里手，一鸣惊人。

陈裔煌就是这样一个人物，人虽其貌不扬，却在银匠行当有一手绝活。

陈裔煌13岁那年，家中上无片瓦，下无寸地，贫困无着，无法生活下去，眼见村里不少人身背行囊，出外讨生活，他虽小小年纪，也学着村里人模样，与几位少年好友商定，一起跟随着村子里的银匠老艺人，跑到湖南省长沙市一家"小小的银楼"学起手艺来了。

进得"银楼"来，年幼的陈裔煌觉得外面的世界很精彩，虽然杂事众多，学徒受累受罪，却也感到这小小的作坊里一切都与家乡农村大不相同。这里看不到田园风光，却也有碗饭吃，可时日一长，这种感觉荡然无存，每天见到的只是一张张歪歪斜斜的破烂操作台，一盏盏散发黯淡火苗、忽闪忽闪的清油灯。这里听不到鸡鸣狗叫的声音，听到的只是一根根吹筒吹火的单调声和一把把铁锤的敲打声。随着环境的改变，加上生活所迫，陈裔煌为了混碗饭吃，也只得埋头刻苦地钻研技术了。夏天的晚上，他不顾蚊叮虫咬和闷热难当，专心致志地学；严寒的冬天，他不计手脚冻僵，呵口热气又接着干活。漫长的三年学徒生涯真可谓是苦海无边，委实难熬啊！其实学徒生活，除了跟着师傅学点手艺外，绝大多数的时间还要帮老板和老板娘干活。如：挑水、劈柴、开关店门、买菜买米、洗衣做饭、抹桌子、擦柜台、洗马桶……样样都得去干。一不小心还得挨老板的拳打脚踢。

出师之后，陈裔煌的生活待遇并未得到改善。银匠工人每天都得在作坊里干十多个小时的活，所制作出来的金银首饰，送到订制人手中，那些达官贵人稍不满意，不但要照价赔偿损失，还得扣发银匠工人一个月的工薪，甚至连生命都得不到保障。有一次，店里来了个清廷官员，要小小的银楼帮其制作一件金银首饰，限定七天交货。店老板把这个活计郑重其事地交给了一位手艺精湛的银匠老艺人制作。事到中途，那老艺人突然患病。老板只得改交另一位老艺人接手。可到交货那天，那官员将货左打量、右品鉴，十分不满意，便下令狗腿子将金银店打了个稀巴烂，两位年老多病的老艺人被打得奄奄一息，不久便离开了人世。后来，陈裔煌接手老艺人的柜台，金银手艺做得风生水起，顾客盈门，小小银楼老板不由得对这位青年师傅刮目相看，厚待一分，常常给小利红包，以示他对陈裔煌的褒奖。

上个世纪 30 年代，军阀混战时期，陈裔煌在长沙市一家有名的吕文玉"金号"做银匠。他亲眼目睹祖国的大好河山被军阀们蹂躏得支离破碎，更让人愤怒的是外国洋鬼子到处横行霸道。有一天，金号里闯进一个洋鬼子和一名翻译人员，洋鬼子叽里咕噜地说了一通，经翻译后，方知洋鬼子要制作一个雕龙画凤、非常别致的七层宝塔，交货期限十天。金号老板吕文玉见这件首饰难于完成，便解释道："先生，此工艺制作精巧，加上时间短促，恐怕难于完成。请你到别的金号另请高明吧。"

洋鬼子听后，十分不满，便把当时驻扎在长沙的军阀掌门人叫来，凶神恶煞地对着吕老板吼道："你们是长沙有名的金号。这密斯西（指洋鬼子）先生的宝塔做得成也得做，做不成也得做！否则，封掉你们店铺！"说完，这班洋鬼子和军阀傲慢地扬长而去。

吕老板便把店里的老艺人召集在一起，大伙合计，集思广益，入道不久的陈裔煌也被叫了去。经过详细计议，成立了一个技术小组，由三名手艺高超的艺人组成，陈裔煌亦在其中。三人为了店里上百工人的安危，齐心协力，日夜加班加点，精雕细刻，终于按期完成了这件工艺品。吕文玉店中员工悬着的心终于落地。店保住了，生意没有断。事后，吕文玉对几位师傅敬重有加，可惜的是这件宝贝进了"强盗"的手中。这件作品的成功，不知耗尽了多少艺人的心血，几个老艺人身体被拖垮了。由于一天要用吹筒吹上十多个小时，就连不少年轻艺师的喉咙也哑了，有的甚至累得口吐鲜血。作品得到了认可，换来的却是更加沉重的蹂躏，他们不但不给钱，还倒打一耙，说误了工期，加倍重罚。那种世道艺人的命运如蚁命，有苦无处诉，有冤无处申。

抗日战争爆发后，国民党节节败退，当时，留守在长沙的国民党军队，听说日本鬼子要攻打长沙，便在城中放了一把大火，抱头鼠窜向西北而逃。陈裔煌亲眼目睹了一个好端端的长沙城，在国民党军队的一把大火中被整整烧了七天七夜。无数的建筑化为灰烬，不少店家的财物损失殆尽。银匠工人与全市人民一样，无家可归，生活无着，陈裔煌孤身一人在长沙难以立脚只得逃难来到衡阳。那时，向西南逃难的难民随处可见，整个京广铁路线上，饿殍遍野，民不聊生。分布在湖南、江西、汉口、广州、上海、南京、江苏、浙江等省市的"金号"、"银楼"，改行的改行，关闭的关闭。银匠工人返乡的返乡，失业的失业……在经过几番颠簸流连后，陈裔煌又回到了长沙，在吕文玉店再度从事银匠加工。期间，他的手艺也大有长进。

解放后，银匠工人也和广大工人一样，掀掉了压在头上的"三座大山"，翻身做了主人。解放初期，由于百废待兴，加上当时人民政府禁止金银买卖，因此，银匠行业停滞不前。老艺人有的改了行，有的因年纪大而去世。陈裔煌被政府分配在湖南长沙第四机械厂当工人。

党的十一届三中全会的春风，吹拂着祖国的大地，催开了银苑（即银匠行业）之花。

石岗镇银匠老艺人余仁麒于 1979 年底，邀集余浩然、余元中、熊庆茂、金常春和陈裔煌等几名银匠老艺人自带口粮、自筹资金、自带工具，在石岗一座小小的荒山上办起了只有 6 个人的金银首饰生产厂——南昌市石岗镇赛银厂。

为了能够把老一代银匠工人的手艺传下去，这些老艺人没少忙活，他们东拼西凑、东挪西借、借鸡生蛋，克服种种困难，一门心思把厂办好。没有厂房、车间，就利用原工程队的破旧汽车库当厂房、车间；没有工具操作台，就利用土砖砌成；没有工艺制作砧，就用废铁打成铁砧；没有正规的吹筒，就用铁皮卷成……他们就是这样"一盏油灯一把锉，团团围着铁砧坐"地进行生产、操作。第一年石岗赛银厂的年产值就达 6700 元。

这一时期，陈裔煌开创了其银匠手工艺的全盛时期，其手工打制的凤凰头饰成为厂里面的一个重要品牌，其技艺也如一只金凤凰，在艺海上翱翔。他成了赛银厂的主要技师，每一次厂里接到难度大的银饰品，最后关头都得他亲自上阵，为银饰刻花。这种精细活，表面看无新奇之处，细部一瞧，让人眼界大开。陈裔煌也因为他高超的刻花手艺，被厂里的同事和工匠们尊称为"凤凰飞人"。

十九、笨鸟先飞的帮匠

当学徒时，余锦渭就有个雅号，叫猪头。

人家如此称呼他，他也总是笑笑，从不认真，也不与人计较。师傅说："锦渭学东西虽然不快，但他也有个长处，受得叱责，挨得打骂，不愠不火，不管是老板，还是师傅，贬损他时，他从无积怨，或者心存不良念头，挟私报复。他想的是怎样安守本分，学好手艺。"

13 岁时他离开家乡，来到萍乡市宣风镇夏日生银楼学徒。

一个放牛娃，独身在外，思乡的念头分外强烈。刚开始时，哪有心思放在学手艺上，每天哭爹想娘，一副可怜兮兮的模样，到了吃过晚饭后，站到萍乡的山尖尖上，面北而泣，一门心思只想着回老家。1939 年的萍乡，由于煤的发掘，一业带百业，各行各业都火了起来，人们有了钱，也就产生了对金银等金贵饰品的向往，各种头饰成了人们追求时髦的体现，少男少女崇尚奢侈生活蔚然成风。金银店如雨后春笋般，一夜之间，开起了好几家。余锦渭所在的夏日生银楼，也是石岗老板所开，经营项目琳琅满目，豪华漂亮，萍乡街头的俏女郎都以能进夏日生银楼买金银饰品而感到荣耀。

余锦渭看着进出的女客，多少也生爱慕之心，他就想着自己的生活与别人有天壤之别，想着这些妙龄女郎的漂亮，想着这些高级女郎们梦幻般的生活。他暗自叹息，自己寄人篱下，运走穷途，就会有重重的自卑感。他感叹自己生不逢时，落道于如此艰难的窘境，难以施展自己的抱负和才华。不过，余锦渭想过，叹过，又恨自己。眉低眼短，寸草不长，乡俗俚语几乎给余锦渭的人生加了棒喝般的批注。父亲在老家听说余锦渭不安心于学手艺，三番五次托人捎来口信，或写来字条，要他做个大丈夫，志在四方，不要目光短浅。父亲甚至叱责余锦渭既不经世，又不达务，岂当人子。碍于脸面，也得益于父辈的重言教诲，余锦渭掉头向内，开始了他的真正的学徒生涯。他有自知之明，深知自己的头脑不灵活，脑子不好使，为了学技术，他起五更睡半夜，师傅上柜他学手艺，师傅下柜他勤打杂。有时还用泥巴做样子，捏模型，雕花样。平时，别人用一分功夫，他用三分功夫。待师傅如自己的父亲，递茶送水，打火点烟，洗旱烟筒，找打火石，给师傅买黄烟（窑州烟）……他几乎使尽全身解数，不遗余力，在干中学，在学中干。师傅开始觉得余锦渭不起眼，认为他这个人榆木脑袋不开窍，一年下来后，师傅开始对余锦渭刮目相看，如此诚恳的弟子，既然肯学，师傅自然便肯耐心指教，师徒不谋而合。手把手地教，细致入微地指点，师傅几乎把自己所有的从艺心得都灌输到余锦渭身上。有了师傅的精心施教，余锦渭从此毫不懈怠，平日不管是学吹管，还是镂花、雕纹，他都抢着上手。很多徒弟见余锦渭上心，他们落得靠边站，只求一份清静，捱得时光过。

余锦渭的长进虽然缓慢，镂、雕的手法也不出类拔萃，但他的手工艺也有别样的笨拙美，也有一种粗犷、俗意的静态美。老板曾经对余锦渭有个评价："余锦渭把自己的脑子学活了。"

余锦渭也不在乎别人的评价，总是抱着谦恭的本性出现在银号内。久而久之，同事们也对他刮目相看，送给他一个既有几分褒又有几分贬的绰号，说他是个"银壶子的角色"。其实这句话，余绵渭也心知话中有话，就是哪壶不开提哪壶。余锦渭心想：提壶就提壶吧，不开的被我提开了，我也算是条好汉。

夏日生老板到底还是服了余锦渭，1942年春暖花开时节，老板为余锦渭摆了一桌满师酒。老板斟满酒对余锦渭说："从今往后，你就是银楼的管匠了。"

余锦渭按期满师，家人知道后，也异常高兴。父亲再三交代余锦渭，千万不可背信弃义，悖师别祖。再受委屈、再苦再累也不可离开银楼。

以前的银匠（也叫管匠），学徒期满后，不少人在学徒阶段都受过老板或师傅的训斥，甚至是打骂，一旦出师，大多数都会离开以前的主人，另谋高就，另寻高枝。余锦渭这一点让老板十分放心，他没有丝毫出走的意图，兢兢业业在柜上当管匠。

余锦渭金子般的品德闪闪发光，他当师傅后，不像别的师傅那样，对自己的徒弟呼一喝二，指手画脚。他把徒弟看成自己的兄弟一般，不厌其烦地指教，毫无保留地传授技艺。一段时间内，凡在夏日生银楼当学徒的年轻人，都希望拜在余锦渭的名下。余锦渭欣然接受年轻人的请求，来者不拒，既不计较徒弟的身世，也不计较这些学徒水平的良莠不齐，因人施教，区别对待，在学徒期间，众人学艺的身份平等，这些得人心的举措，让徒弟们学艺的劲头更足，大家对这个年轻的小师傅言听计从。余锦渭的悉心指教，给夏日生银楼带来了繁荣景象。

因之于此，夏日生银楼老板的金银生意，风生水起，如日中天，业务越做越大，赚了个盆满钵满。老板可不是个等闲之辈，见这金银生意头大利大，掘了第一桶金后，他又想拓展自己的生意空间，去掘第二桶金。1944年，他再度在宜春市即当时的宜春县开了家夏日生银楼，将余锦渭派驻该银楼主事。在宜春打理夏日生银楼期间，他几乎把店子等同于自家的产业，身先士卒，不辞辛劳，一门心思扑在银楼的业务上。他待人和蔼，行事踏实，不拘礼节、只求实效，不问过程、只问结果。夏日生银楼在余锦渭的真心参与下，利润十分可观。

就在余锦渭忙得不亦乐乎之际，父亲却托人捎来口信，要其回故乡完婚。父母之命不可违，这是古训，也是做人的根本，更是早年石岗人信守的家规。征得老板的同意后，他欣然归家。让他不曾想到的是，这段婚姻不到半年，便因双方感情不和，分道扬镳。1946年，他带着几分伤感再度回到湖南，经同乡余至考介绍，来到衡阳老同丰银号当管匠。这一时期，国民党的金融市场开始动荡，尽管大家还沉浸在抗日战争胜利的喜悦中，但经济暗流却开始涌动，钱不值钱，金银价格飞涨，谁也不肯将手头的金银抛出，造成有价无市的局面。衡阳地面上，银楼生意清淡。在老同丰银号干了两年后，余锦渭又转至同福银楼，帮工一年。

此时的余锦渭，也在金银生意场的颠簸中度日，把自己系身于银楼。银楼的日子不好过，管匠也无所事事，没有银子进账，难以养家糊口。同福银楼在喧嚣中度过了一年的时日，便关门更张，而余锦渭也只好改换门庭，背起行囊，来到长沙，迈进了吕文玉金号的大门，原以为进了这么大一个金号，应该可以喘口气了，谁知余锦渭刚上柜，长沙就宣布和平解放。

余锦渭将自己的工具裹好，毫不犹豫地回到故乡，随后走进了新建县五金厂。

二十、白脸公子的正途

石岗鸡鸣洲，早年虽然受洪水泛滥的影响，田地收入微薄，但生于斯、长于斯的子民，多少还能够喝碗稀粥。鸡鸣洲，按民间风水先生的说法，是个旺财发物的地方，其地形俨似一只雄鸡啼鸣。相传，罗家祖先早年经商，过锦江还乡，因官人仗义疏财，几把家中浮财散尽。全家过河后，只剩下夫人怀抱的一只雄鸡。眼见全家即将饿饭，夫人不禁潸然泪下，对着公鸡哭诉道："公鸡啊公鸡，粮贵米稀，父老子少，何以为继？"就在此时，怀中的公鸡竟脱手而出，钻进洲中的草丛，不见踪迹。全家四出寻找，竟在公鸡钻进草丛的地方，得纯金一块。官人见此洲地多有几分灵气，欣喜无比，全家因之便在此打住旅程，落脚谋生开荒种地，养家糊口，传宗接代。

罗家人以耕读为业，不求闻达，经世达务，生活在无为的清境。罗姓后裔于长久的岁月养成良好的家风，影响着一代又一代罗姓人。

罗家传承到罗会旺这一辈，在鸡鸣洲一带已经小有名气，罗会旺的父亲罗宝兴是个能人，年轻时，他挑着银匠担子走村串户，即时接受业务，即时上手，应时应点，很受周遭村民爱戴。他制作的小小银饰挂件是抢手货。罗宝兴的生意越做越地道，越做范围越广，越做野心越大。他手艺真了，胆子也大了，开始走江达府，几年中，他不仅走出江西，而且足迹遍布两湖两广。

1927年，罗宝兴来到湖北荆门县沙洋镇，这里的市口大，人口稠密，过往客商驻足于此。罗宝兴在这里做散户上门的金银生意，把名声做大了。他索性丢了挑子，在沙洋镇租了爿店，得意地用自己的名字为店名：罗宝兴银楼。

这个店在沙洋地面，也算是独门独行，没有相互拆墙走摊者，也就是说没有竞争对手。罗宝兴银楼开张后，算是风生水起，门庭若市，生意与店名相映衬，得了上佳的风水照料，财源广进，日子过得十分惬意。

罗宝兴去世后，儿子罗会旺继承衣钵，金货地道，做工讲究，信誉至上，店大不欺客。他做生意更有一套，母子同心链、婆媳穿心头饰、儿女同颈狗箍，巧立名目的搭配销售，费尽心机的策划打造，罗宝兴银楼成了沙洋镇人向往的地方。尤其是罗会旺精心打制的金银凤形钗，被女人们视为头上珍品。

可是，天有不测风云，罗会旺在经商过程中得罪了当地一个地痞，为了逼迫罗会旺交地保钱，三番五次上门纠缠，不得已，罗会旺最后只得关店走人。

罗时荣是罗会旺的孙子，1918 年出生后，一直在老家得到祖母的精心喂养，是个典型的白脸娃。1926 年，罗时旺托人带来几十块大洋，再三嘱托来人捎话，交代一定要让时荣儿尽快启蒙，不要学他的样，吃了没文化的亏，成天用口对着吹筒吹火赚几个辛苦钱，熬到最后，总是以疾病还人生之债。按照父亲的要求，他被送进本村喻润泽先生的私塾启蒙。十年过后，他与本村金家女儿金德经结婚，完婚的第二天，按照父亲的安排，带着新婚妻子，告别故乡，辗转来到湖北荆门县沙洋镇，与父亲一道经营罗宝兴银楼。只可惜好景不长，等到罗时荣满师不久，罗宝兴银楼便落幕了。罗家的盛事在罗时荣手上成了最后的晚餐，虽然不是那样的凄凄惨惨戚戚，可也在与黑势力的较量中，拼尽了金钱，耗尽了心血，付出了家当的代价。全家人背上行囊，踏上了回归故乡的路程。刚出道的罗时荣一头栽进社会，却与社会的邪恶撞了个满怀，痛定思痛，他开始厌倦这种寄人篱下的生活。他要重新回到故乡，靠自家田地养家糊口，靠自己的努力在家乡谋出另一条生路。

种田，对白脸书生模样的罗时荣来说，简直是一种煎熬。

他踌躇满志回乡，却在家乡丢尽了脸面，人们嘲笑他，讥讽他，羞辱他，都说罗家生了个败家子，祖宗留下的基业都被他败光了。在外面混不下去了，又回到老家来混，早晚要穷得叮当响。面对这些风言风语，面对繁重的田间劳动，他没了底气，也没了勇气，早前的年轻气盛成了昨日黄花。事与愿违，罗时荣与父亲罗会旺在故土的泥巴里爬腾了一会儿后，又禁不住洗脚上岸了。骄阳似火，晒得大地滚烫，躺在田塍上，父子俩好像晒蔫了的草，软沓沓，全然没半点心劲，这之前的理想在劳累的突袭面前成了一个个虚无缥缈的肥皂泡。尤其是罗时荣，他还仅仅是个嫩秧子，全经不起体力劳动的磨砺，在赶季节、赶秧期的无声驱使中，罗时荣的父亲病倒了，而且病得不轻。眼见自家已无隔夜粮，全家的灶头都揭不开锅盖，生活的重担已经毫不犹豫地落到了他的肩上。扛得起要扛，扛不起也得扛，别无选择，也别无推让。一再接济罗家的姑父邬恒金见罗时荣家如此寒酸窘境，看在眼里，急在心里，他也在心里盘算着为罗家谋一条生路。禁不住姑父的劝说，按照姑父的意图，也经姑父的介绍，罗时旺来到宜春市万源生银楼帮工。只有吃过苦头才会珍惜在柜下当师傅的甜。罗时荣就像对待自家的银楼一般，精细做事、认真算账、细心干事。只可惜，这个店的老板是个吝啬鬼，千方百计克扣员工工资，虽然，待罗时荣还不薄，可他是个率直的人，看不得老板如此心计，在不少同事辞职的情况下，他也为了表示义愤干脆一走了之。在这关节点上，仍是姑父邬恒金有心成全他，将他举荐到湖南醴陵邬正兴银楼帮工。这是罗时荣第二次出省在外谋生计，命运没有给他更多的喘息机会，为今后全家的命运着想，他决定改变自己，用一种积极的态度去面对生活的挑战，他要用自己的敬业精神重塑自我，得到别人的尊重。他心不虚，气不馁，无所计较地替老板细心做着手下活计，他想用自己的努力赢得老板的信任和尊重，他要用努力证明自己存在的价值。但是，一年后，他又走了，走得无声无息，甚至最后一个月的工钱都没有要。随后，罗时荣又四处漂泊，先后在湖南长沙老物华银楼帮工一年，在湖南衡阳李文正金店帮工一年，在宜春万源生银楼帮工一年，在湖南长河新同丰银楼帮工一年……这种居无定所的漂泊生活，让他深受其苦。他默默忍受着人们的指指点点，也甘愿承受着难以化解的压力。

罗时荣在寻找自己生活机遇的路上飘忽不定，让他饱受了世态炎凉，也遭受了父母亲的责备，每次接到同乡从家乡捎来的口信，罗时荣就像被雷击了一般，傻呆呆不知如何是好。他开始收敛自己的个性，改变有些文弱特性的脾气，在一次次的碰壁后，终于他在奔波的路途上画了休止符。在长沙的余太华金号，他囤身柜下，一干就是三年，这时，他的技艺已是炉火纯青，各种工艺活计干得得心应手，尽管他仍带有几分不屑一顾，尽管他仍带着几分孤傲，这种性格的差异并没有让老板改变对他的看法，仍然十分器重他，让他独当一面。

得到奖掖的力量是无穷的。余太华金号就因为罗时荣的加入，店中的业务往来份额不断上升，临近解放时，余太华金号已成为湖南省长沙市鼎鼎有名的金银铺子。

二十一、琢而磨之的技巧

提到滕光淮，人们都称他为"大师傅"。他做金银的手段高明，在行里很有些名色。据现在还在世的一些滕光淮的同辈人回忆，滕光淮从学徒时起，人们就戏谑他为猫眼、鼠耳、獐脑。说他猫眼，就是说他在学艺时，手上做着自己的活，眼中还瞄着师傅手上的做工，跟着学、记得住、仿得像；说他鼠耳，就是说他听得快，听得明白，听得仔细。师傅教别人时，他也照样竖起耳朵偷听，耳灵脚便，做起活计来轻车熟路；说他獐脑，就是说他反应快，做起银匠活来，总要仔仔细细推敲，花色、做工、器型，十分讲究美观，凡是过他手的每一件金银器都是精品。滕光淮 15 岁时随师傅夏贤怀，一道前往广西，经介绍在桂林市桂东路大华银楼学徒。这之前，他在老家读过四年私塾，文字粗通，加上头脑好使，学徒期间很得银楼老板器重。以前的人们，从祖上就传下一句俗语：银匠就是贼匠。意思是说，做银匠的十个就有九个在替客商打制金银时，想尽办法通过对金银的淬、烫、切、割、吹等各种手段窃取客商银两。这种减少分量的做法，无所不用其极。民间形容得好：银匠走过的路，草都不会长。很多金号、银号的老板，几年间摇身一变便成暴发户，就是因为行内的欺诈行为，发的是不义之财。

滕光淮学徒期间，凭脑子做技术，得到老板的器重。虽然一个丁点大的孩子，人长得也不出众，可人不可貌相，水不可斗量，滕光淮未出师手头活就很有几手。不过，滕光淮有个倔脾气，做事依理不服输，凡是经他手做过的活计，一律等金等银进，等金等银出，分毫不差。这一点让老板很不舒服。一次，广西一位市府官僚前来金号赶制一批女式头饰，既给儿子置办结婚彩礼，也是给儿媳妇订制定情物，样式五花八门，算是一大宗买卖。按照老板的想法，对方即是"一只大肉猪"。要杀要剐，有血有肉，在这等人身上刮点地皮按说也不算回事。老板兴高采烈，一门心思做着发财梦，心想，这可是送上门来的猪头，砍他一家伙应该是大概率的事。按照以前的定规，原本这些饰物应该是店中的老师傅、老前辈上手。老板这一回却打破例规，让滕光淮上手。滕光淮听老板让他上手，心下也像开了朵莲花。从某种意义讲，这也是对滕光淮的信任，也算是老板对滕光淮高看一分。按常理讲，滕光淮得到老板厚看，理应厚报。可这个毛头小伙子，初生牛犊不怕虎，他接下活后，率真的性情又冒头了，做工一分一毫不差，工艺一丝一毫不漏，一丝不苟，细心的程度让不少老师傅在一旁也看得眼花，都夸滕光淮已经到了出师的田地。不过，在一旁观察的老板却出了一身冷汗，他万万没有想到滕光淮做事是这样认真。支走众位看热闹的店中老师傅后，老板附在滕光淮的耳边，如此这般地提示告诫一番。谁知这滕光淮天生服软不服硬，根本不吃老板这一套，照样我行我素。老板原本想中途换将，又考虑如果将滕光淮换下，其他人难扛此重任，左右为难的老板思来想去，施展各种小伎俩，几次用加工资、补红包等手段引诱滕光淮在制作过程中做些手脚。可滕光淮看准了的东西，万匹马也难拉得回头。老板要损人利己，他怎么可以同流合污，毁了自己的声誉呢？于是，滕光淮就我行我素，不把老板的话放在心上。

也就是这第一炮，倒是让滕光淮打响了。市府的那位官员收了金银器，一家人爱不释手，夸赞有加。可老板却像吃了黄连，苦不堪言。正是这一次，让老板与滕光淮结了梁子。老板开始有意疏远他，甚至让他远离师傅们，做些錾金敲银的边角活，给师傅们打打下手，绝不让滕光淮上柜做手艺活。

滕光淮对老板"唯财是举"的人品嗤之以鼻。老板对他的冷落丝毫没有使他的率真做出任何的让步，对老板的吝啬和贪婪他一笑置之。相互之间的纠结一直延续，老板与滕光淮的关系已经到了水火难容、剑拔弩张的地步。道不同，不相为谋也。如此下去，对滕光淮讲，也不是个活法。1944年初，有同乡自江西来广西桂林，捎来父亲的信函，要他尽快回家完婚。家中已为他选择本乡石岗窑叶村一户人家的女儿，连彩礼和定金等都已经付给女方了，而且据说女孩长得还有几分姿色。按父母之命，承媒妁之言，这是旧时婚嫁常事。父母之命不可违，加上他在大华银楼也干得不开心，正好借此为因，离开桂林。

据说滕光淮奉父命返乡前，心情一直激动不已，年轻人的激情使他热血沸腾。他凑足工钱，用十块大洋买了根金条，他再三请求老板给他几天假，利用店中的工具，给未谋面的未婚妻打制一根项链，老板见滕光淮情真意切，也只好酸酸地点头同意了。滕光淮得了老板的允诺，自是加班加点，没日没夜地精心打制，他将自己平日的看家本领全拿了出来，将花色图案做得巧夺天工，镂雕、刻花，几可说天衣无缝。老板每天在一旁，只做壁上观，不冷不热，滕光淮全心扑在为未婚妻打制金项链上，根本没有察觉老板的神色。等到三日三夜过后，这条金项链终于完工，当最后一个挂钩焊接完成，滕光淮不由得长长地舒了口气。欣赏着自己的得意之作，想象着妻子将它戴到脖子上的情景，他不由得心口好一阵热，只恨不得能插上翅膀，捎上项链，飞到妻子身边，亲手将项链为妻子挂上。可就在这时，老板出现了，他圆睁着双眼，一改平日宽厚仁慈的样子，揶揄道："哼，好你个滕光淮，平日不上劲，吃我的饭，得我的钱，成天磨洋工，到了给自己家人做手艺时，才显出真功夫，你这样待我，真可谓是居心不良。这条链子，我看就别拿走，用掉多少金子，我给你……"

"老板，这是……"

"这是给你妻子的，是吧，哼，人心隔肚皮。没想到，狼心狗肺到如此田地。今天这条链子，给足你的面子，你得留下；

不给你面子，你也得留下，你不要敬酒不吃吃罚酒，要那样，差你的两个月工钱，一分也别想从我手中拿走。"

滕光淮苦恼万分，百般无奈，他只好应允老板，重新打制一条，以取悦老板，换取未付的工钱。

老板此时，方才和颜悦色："这就对了，钱能通神，看来古人算是说对了，哈哈哈。"

面对老板的冷嘲热讽，滕光淮也只好打了牙齿往肚里咽，为了妻子，他忍了。

又是三天三夜，没日没夜地苦干，滕光淮终于还是以心换心，得到老板的谅解，给老家妻子带回了一份精致的见面礼。

没有满徒的滕光淮，无可奈何，草草结算店中账上工钱，独自背上行囊，告别难以言说的桂林，去完成人生的第一道菜，这是件滕光淮既期待又有几分彷徨的事。俗话说，人生三大喜事：洞房花烛夜、金榜题名时、他乡遇故知。三桩喜事他要遭逢第一桩了，他在想象中极力勾勒自己未来老婆的模样。不要过于漂亮，但也要见得人，出得门，皮酥脸润，有几分女人味。想到这儿，滕光淮心里痒痒的，巴不得即刻起程，早日到家。

滕光淮第一眼见到自己的妻子是在拜过天地、揭开她的头袱那一刹那。女人似乎没有他想象中的那么美，人略显得胖些，身材也矮了几分，与瘦条型的滕光淮似乎难以匹配。原来父亲带口信时，是担心滕光淮不从命，而有意抬高了女孩的身价。不过，父母之命不可违，老天的刻意安排，滕光淮也只有心受了。

唯一能与滕光淮抗衡，也能让滕家向往的是妻子的优势，就是她的家产和丰厚的嫁妆。

按照现代时髦的说法，滕光淮连蜜月都没有度完，就告别新婚的妻子和家人。再一次出远门。1945 年 4 月，滕光淮来到贵州省贵阳市，落脚在一家同乡开的老宝盛银楼再度学徒，重操旧业，打制金银器。

老宝盛见滕光淮手艺精湛，操持娴熟，对滕光淮很有好感。什么事情都放手让他做，有难做的金银饰品，都让滕光淮上手，质量由滕光淮把关。第二年年初一天，老板把滕光淮叫到自己房中，神秘地告诉他，想请滕光淮下一次馆子，当然还有几个师傅作陪。他的脑子闪过一幕又一幕，他在思考着老板为何想到了要请他吃这顿饭。是福是祸？他忐忑不安地等待着这个节点的到来，让结果解开自己的心头之谜。

在银楼边上的一个饭馆子里，老板订了一个包间，客人中当然有几位同行师傅。奇怪的是，老板竟让滕光淮坐上首，滕光淮死活不依，他深知这是越位，按旧时乡间礼俗定规是大不敬。在这种场合，他滕光淮于情于理都不适宜坐到上首这个位子，更何况在座的还有诸位师傅。最后，老板忍不住还是亮了底牌。老板说："今天，是你大喜的日子，我看你小小年纪，挺有能耐，手艺、技术，都够了出师的水准。今天，也没有别人，让你坐上首，这也是出师的老规矩。你今天，就是不会喝酒也得喝两盅。我老宝盛至今也开了有些年头，进进出出，师傅、徒弟这么多，能见像你那样认真做手艺的没有几个。凭这一点，我让你提前出师了。"

滕光淮兴奋无比，他的眼中闪着泪花，不知说什么好。一个人得到别人的看重，是件再幸福不过的事。滕光淮现在就是小师傅了，他恍如梦中，心情十分愉悦，这顿饭下来，滕光淮真的醉了。

1946 年，滕光淮重新回到广西柳州，在老凤祥银楼帮工，这时，他的率真还是没有得到老凤祥老板的看重，老板认为他这个人，生性爱较劲，倔强的性格很难合拍。既然失去了老板应有的信任，滕光淮也觉心灰意冷，在老凤祥干了一年不到，滕光淮干脆卷了铺盖走人。

1947 年春，滕光淮来到桂林，在老万年金号帮工。在这里他遇上了一位知己——老万年的老板。他通达，豪放，是一位讲信用、心底纯净的生意人。他不主张用那些低劣肮脏的手段克扣用户的碎银，"盗"金生利，做那卑鄙无耻的勾当。有如此开明的主人，做事的心境也不同。滕光淮全身心扑在手头功夫上，认真掌握各种饰品的手工制作方法，不计工时、不计报酬地沉在柜下，琢磨各种技巧。他的手工十分了得，花样百出，独树一帜，很多客商都慕名前来求滕光淮牵头制作金银饰品。一下子，老万年人来人往，熙熙攘攘。老万年的老板以微利招揽顾客，重工不重利，博得了金号的好名声，买卖做得十分火暴。

老万年金号凭着不欺客、不卖假、金足银实，在桂林立足，直到解放。人民政府掌权后，不少奸商都受到政府和人民的惩处，歇业关门，而老万年却以它的声誉，在解放后仍照常营业，直到 1951 年底国家加强金银市场控管才休业。

滕光淮回家了，开始在老家做些修理各种金属物件的手工活，随后又来到南昌，干起了修锁及打制锁夹角等业务。1957年元月，是滕光淮又一个新生的日子，经朋友危北进介绍，他在南昌市加入五金生产小组，干起了五金加工活。到这时，他已是国家正式职工了。

1958 年，他回到新建县，加入五金社，这一回，他是如鱼得水，游刃有余，算是英雄找到了用武之地，开始施展自己的才华，用自己早年打制金银器琢磨出的巧工活路，在技术革新方面充分展示自己的创造性，解决了许多生产中的难题。同时，他也积极地向厂部提出许多合理化建议，得到有关部门的肯定。

1961 年组织上对滕光淮档案材料及现实表现的审查结论中写道："该同志对党的事业忠诚，是技术革新的能手，多次被评为先进生产者，出席县群英会议，思想进步，干劲大，在群众中有威信，可以胜任工作。"

1959 年滕光淮出席南昌市劳模会，受到市级表彰，进厂三年，连续三年参加县群英会，三年被评为县劳模。滕光淮的同事们回忆滕光淮时都说他这个人性情急躁，待人态度也不是很和蔼，但他吃苦耐劳，敢打破情面，指责别人的错误做法，大公无私。

1977 年 3 月，滕光淮加入中国共产党，组织上遍查他的历史经历，将他在外从事金银手工艺工作的历程几乎用筛子筛了一遍，也没有发现他有任何不光彩的一页。

后来，有人说，他结婚之后，为了逃婚，背着他的父亲，向当地的大地主金传贤借钱十块现大洋。滕光淮后来澄清了这件事，土改前后，他将十块现大洋还给金家后，金家又在土改后，偷偷地将十块大洋还给了滕光淮。不过滕光淮并没有将这十块大洋私藏，而是响应政府号召，将它作为抗美援朝捐买飞机款，悉数交给了人民政府，一件小事可见滕光淮心灵境界的另一面。

滕光淮后来在新建县电焊机厂工作，自1977年一直担任下料车间主任、党支部书记。改革开放后，他一直努力工作，自1977年开始一直是厂里的先进人物。从"干四化先进工作者"到"工业学大庆劳动模范"，县先进工作者、县劳模。每年一次的荣誉，让他年年都戴着红花出现在县劳模大会会场，成为人们瞩目的对象，直到1980年退休。

滕光淮就这样认真地行走着，他用自己的智慧琢磨手头功夫，琢磨生活，琢磨工作，他的脑子一刻也没有停歇过。几十年的生命里程按照他在总结中用的四个字来概括：无怨无悔。他是个闲不住的人，退休后，忍不住也要来厂里东看看，西瞧瞧，对年轻的技工指点、比画、教诲，尽自己的绵薄之力。

琢磨成了滕光淮的生命亮点、闪光点，也注定了他的命运，使他成为一个有特质的个体。至今他还是人们口口相传中的热议人物。

二十二、仁婆子的江湖经

在石岗考察采风期间，一个很有趣的话题常常挂在嘴边。早年，这个地方给孩子取名，尤其是小名，很有味道，诸如：辣婆子，娇婆子，鹅婆子，洋婆子，水婆子，花婆子，米婆子，义婆子……不一而足。一个男孩子，取个女性十足的名字，还是"婆子"，真可谓是石岗一怪现象，也是石岗人的古怪习性吧，算是讨个口彩，图个吉利，保佑平安。

用婆子为别号，按照习俗，似乎有几重含义，当然期望孩子生来无恙，无病无灾是居首的意念，希望孩子能够忠厚传家，不愠不火不骄不躁，做事能干也是另一层用意。用女性作为希望的载体，这应该也是石岗人的发明创造，也是别出心裁之举吧。石岗人用心良苦，为自己的后代创造一种特定的人文环境，也从另一个角度展现了这个地方深厚的历史文化底蕴。

李泽仁小时候，父母送给他的别号就叫仁婆子。突出一个仁字，就把李泽仁父亲期望儿子未来做人、生存、成长的角度展露无余，也表达了李泽仁父亲不同于他人的思考角度。毋庸置疑父母的寄托和出发点是希望儿子长大成人后，为人处世应当讲德性，讲仁义，明晰传承父辈遗德遗风，造就家业的路径。8岁那年，父亲将李泽仁送进本村私塾余望仲先生名下就读，实指望他能以文养身。每个人都有他的出发点，也有他的个性，造化也不同，这似乎又要归结于宿命论，好像是前生注定，李泽仁根本就不是读书的料，三年下来，还是用一句话来概括：大字墨黑，小字不认得。这就是李泽仁，读书木脑筋，死笨，但是，生活中的李泽仁却是那样地机巧灵变，特擅长交际，交朋结友，似乎还有几分头领意识，村中的年轻人都愿意围着他转。父亲担心他留在乡间滋生事端，16岁那年，托乡邻将其带往广西当学徒。

李泽仁一脚踏进桂林，就被这里优美的风景迷醉，他爱上了这座小城，也决意在这里存身。位于桂林东路的银楼，附近是个热闹的去处，三教九流，闲散人士都在这里的茶楼、酒肆中消遣，寻找生活的兴奋点和刺激，洋气些的小姐、阔少、贵妇人，都往银楼金号钻。桂林东路上的大华银楼，是个老字号门店，往来业务多，常年车水马龙、门庭若市。李泽仁成为这个银楼的一员，他似乎有点得其所的感觉。

后来清苦的学徒生活给了他当头一棒，每天的生活单调重复，做些粗工，让他感觉异常沉闷。银号外的花花世界全不属于他。不过，好在他还有个信念，就是要多挣钱，他知道没有钱寸步难行。要想有钱，唯一的道路就是学技术。瞄准这一点，他把心思花在师傅身上，给师傅端茶送水，添饭点烟，把师傅照料得十分安逸。师傅见这小子乖巧，会体贴人，自然也悉心指教，让他上手。练吹筒是银匠的必修课，这吹筒不是想吹就吹得下去的，对着火，火头必须对准金银块，找到熔点。吹气时必须确保气量适中，而且不能停歇，换气功夫也得到家。刚学吹筒，无法换气，常常会闹出笑话，把嘴吹成了癞蛤蟆。没有师傅指点，也无法得到真功，李泽仁的活心眼激活了师傅诚心点拨的热情，他不仅教会了他吹吹筒的诀窍，而且手把手地做样子给他看。如此三番五次地调教，是块木疙瘩也琢成了器，李泽仁硬是在很短的时间内得了真传，成为行家里手。

1944 年日本鬼子进桂林之前，太华金号的老板面临巨大压力，无奈之下，举店搬迁，前往贵州营生。这是一次艰难的长途旅行，李泽仁一路上凭着自己年轻，有一把气力，负重前行，看管行李，照顾老弱，视老板一家若亲人一般，无微不至。老板的母亲已是 80 多岁高龄的老人，有一次过河，李泽仁硬是背着老人，一脚深一脚浅，涉水而往，让老板感激不已。

老板在贵州的老宝成金号才开了几个月，就传来日本鬼子投降的消息。大华金号的老板又携了家人，在李泽仁的帮助下，回到柳州，开起了老凤祥金号。尽管李泽仁十分卖力，用尽办法，还是无力回天，老凤祥的老板在内外交困中，度日如年，头寸的欠缺、客源的稀少、金号位置的选择不理想等原因导致老凤祥歇业。老板从此退出金银行业，卷铺盖回老家了。

李泽仁望着空空如也的金号，蓦然间，一种失落感袭上心头。尽管老板没有亏待他，给了一笔遣散费，可他似觉自己被掏空了一般，像只断了线的风筝，随风飘移，不知风筝将飘向何处，落向何方。

辗转流徙，李泽仁行走于江湖，万般无奈，他再度来到桂林。

他应聘前往桂林老天宝金号帮工。这个老板十分狡黠，首先提出个条件，让李泽仁交一份投名状。这份投名状不是别的，就是要李泽仁无偿为店内打制出一对金凤凰发夹。这个条件虽然说不上苛刻，但也不能说是件容易的活。

李泽仁不露声色，应允了老板的要求。做这样的凤凰发夹，对他来说，简直是小菜一碟。据后来在老天宝金号当过李泽仁学徒的后辈银匠回忆，李泽仁在制作过程中，一丝不苟，耐心细致。他制作的发饰精美无瑕，整只凤凰飘逸神似，活灵活现。早年人们讲女子三分长相，七分打扮，这只凤凰戴到任何一位女人头上，都会让她俊美三分。制作凤凰时，老天宝内的师傅徒弟们有的认真看，有的作壁上观，有的冷笑，有的讥讽，都认为他这样一个流浪汉能做出什么见大世面的东西。一只凤凰飞出金窝窝，当他用七日七夜打制好这对金凤凰后，老天宝内的人们竞相传看，赞叹不绝。老板也不动声色地挤在人群中细看，他没有说一句话，也没有赞语，更没有提这投名状合不合他的心意，只是交代了一句："你的工钱每月十二块大洋。"众师傅听了，有的妒嫉，有的不服气。可做银匠这个行当，凭手艺吃饭，也是自然。李泽仁用自己的手艺说话，坐上了老天宝金号师傅中的第一把交椅。

这对由李泽仁打制的金凤凰成了老天宝的镇号之宝，摆在金号柜中最显眼的位置，供来客品赏，概不出售。有一位桂林市政府官员的女儿看中了这对凤凰，开出高价只求金号脱手，老板坚执不给。最后不得已，还是让李泽仁为其制作了一对复制品应对，方才了事。

李泽仁在老天宝金号的名声大噪，在桂林也享有盛誉，很多人都知道老天宝有一位凤凰传奇大师傅，让桂林的美女少妇赞叹不已。

李泽仁不仅慢工细活做得好，他还是个多面手，要缓缓得，要急也急得，应时应点的手艺他也能做得很到位。一次，有位豪绅，想赶制一批手链、戒指、耳环送人，一共十六件，李泽仁带了几个师傅，三天三夜便将此活赶完。这位豪绅收到这批首饰，不仅口头感谢，而且另外拿出几块大洋感谢师傅们。李泽仁征得老板同意，把这几块大洋给全金号的匠人打牙祭。

李泽仁用自己的手艺赢得了人们的看重，也用自己的艺德为自己赢得了一片新天地，取得了老板的信任，更得到了很好的社会声誉，李师傅的昵称，把他叫神了。

就在李泽仁事业如日中天之际，国民党政府开始大量发行金圆券，金银市场一夜之间便被这场金融风暴冲击得七零八落。老天宝也经不起这份摧残，成为这场风暴的牺牲品。老板万不得已关了金号大门。老天宝金号在辉煌的高潮处落幕，也意味着李泽仁的事业谢幕，他惆怅万分，一种英雄无用武之地的失落让他仰天长叹。

在风口浪尖上四处奔波，干了半年的小营生后，他背上吹筒等工具，自我放逐，踏上了回归故乡的路程。

二十三、做顺工的江西老表

　　如果他不去当银匠学徒，没有做银匠的经历，滕光浪也许就像他父亲滕月健一样，守着家乡那抔老土，守着那份贫穷，过着缺衣少食的日子，在痛苦的深渊中挣扎，走完一辈子。

　　生命有时成就于机遇，滕光浪16岁那年，正是兵荒马乱的年月，日本鬼子开始在湖口登岸，向江西开了第一枪。一时间，人心惶惶。随后不久，国民党的军队与日军在高安石岗一线展开激战，国民党军队殊死抵抗，硬是将日军抵御在锦江北岸。虽然滕光浪的老家在锦江南岸，可这日子也在两军的拉锯战间不太平了。正常的生活被打乱，人们逃难的逃难，当兵的当兵。这年，滕光浪家来了位不速之客，腿肚子上中枪，伤势虽不严重，但也得找个地方治伤歇脚。他叫范浸藻，是位驿站传工，送邮途中，被流弹击中，近黑时分，他拄着拐杖摸进了滕月健的家。滕月健见他受伤，心想：一个外地人还能再往何处寻找寄寓之地？滕家虽穷，穷也有义，绝不在别人危难之时做那种撑篙开桨的缺德事。他们把范浸藻让进屋，请来村中的老医生给他敷伤药，为他煮稀饭，换洗衣衫。滕家的特殊照料让范浸藻热泪盈眶，一再表示谢意。几日下来，范浸藻与滕家结下不解之缘，不似亲朋胜似亲朋。言谈中，他告诉滕月健，自己的一个兄弟在湖南衡阳开银楼，正要投奔他处，愿意顺路捎带滕月健的儿子滕光浪前去银楼学徒。滕月健闻此说，高兴万分，当即征询滕光浪的意见。滕光浪觉得留在父母身边也是受穷，出外闯荡一番，说不定还能混出个人样子，于是欣然同意父亲的主张。

范浸藻的枪伤养好后，滕光浪便随着这个驿站传工一道上路了。

这是个秋风扫落叶的日子，满地的秋霜虽不至于寒冷，冷风刮在人脸上还是觉得凉飕飕的。枯树上，几只乌鸦在"嘎嘎"地穷呼，让人觉出几分凄寂。背井离乡，远离父母，远走他乡，成为一个独自闯世界的游子，初出远门的滕光浪不由得心生悲戚。母亲将他送到村口，一再叮咛儿子要听范驿工的话，在外学徒要眼勤、手勤、脚勤，不要让老板瞧不起。几天来这些话，父母已经不知叮咛多少遍了，几乎他都能背诵得出。临行时，母亲仍在絮絮叨叨交代，他还得听，只是，听着听着，眼中便溢满了泪。故土难离，不舍亲情，他点头应承母亲时，喉管子急剧发热。到了最后离别时分，滕光浪竟跪在母亲的跟前。倒是范浸藻一再安慰："好男儿志在四方，好男儿有泪不轻弹，人也不能一辈子吃父母饭，要寻自己的生路啊！"

滕光浪抹去眼中的泪花，直起身，再也没有望母亲一眼，咬咬牙，跟随着范浸藻，让自己的背影消失在崇山峻岭中。

进得湖南衡阳，滕光浪来不及观街景，来不及细看那些往来不断忙忙碌碌的商贾士子，便在同和银楼栖身。学徒期间的生活枯燥无味，几乎每天他都要鸡啼时分起床，打扫店堂，去井边打水挑满厨房中的水缸。待老板及老板娘起床后，给老板端洗脸水，搓手巾，抹桌子，给老板送上早点，端上茶水。服侍完老板、老板娘，便得将店中柜上柜下掸扫一番，将各种工具、物件摆放整齐，等待师傅上柜。师傅从后院出来后，滕光浪即给师傅沏上一壶酽茶，为师傅的铜质水烟筒装上土烟丝，用打火石给师傅点燃引火的捻子。一切停当后，自己便拿上一根吹筒去一旁练习吸气、换气，腮帮子练得像个癞蛤蟆，还不敢停歇。要是师傅看见你偷懒，或者走神，戒尺便打过来了。打不做声，疼不开口，这是行中规矩，做徒弟的就是在挨打中接受教诲，摸着石头过河，慢慢入行。

学徒生活单调清苦，孤身在外，滕光浪总是面东北而泣。不过，哭也罢，想也罢，回过身还得逆来顺受，还得听任老板的支派和吩咐，不管你乐意不乐意，不管是不是你的分内事，你都得心甘情愿、风风火火地去干。顺心也好，不顺心也罢，只有到了晚上偷偷地在被窝里以泪洗脸。牵念与惆怅，一切都听任老天的打发，在忍受和屈辱中走完每一天。

滕光浪在银楼是出了名的老实人。平日，老板总是把最重、最脏、最累的活派他干，而且也只有他领下的事情做得妥帖，做得到位，让人信得过，放得心。久而久之，老板便用滕光浪作为榜样来教训其他徒工："你看人家滕光浪，做事妥帖，有条有理，不像你，毛手毛脚，什么好事不让你办砸，就算老天爷开恩了。"

滕光浪并没有丝毫的优越感，仍用自己的那点光和热去煨烫别人。渐渐地，老板对他信赖的程度不断加深，放手让他做的事情分量也越来越重。同和银楼对外"跑水"人员，常常出现沙金分量偏差，很让老板放心不下。一次，正好"跑水"的人生病，老板有意让滕光浪顶上，让他单身独马前往新化县押运沙金。"跑水"不是件轻松事，路途艰险不说，山中土匪抢劫更是凶险，摊上了，性命难保。滕光浪人实在也有心眼，笨人笨办法，他扮了个乞丐上路，身上脏兮兮，一股臭气，人们见之犹恐避之不及，一路上，昼行夜宿，将沙金放在叫花袋中，有时为了做样子，还真的做个可怜模样上门乞讨，强盗土匪见了他，眼都不抬一下。滕光浪为银楼带回的沙金丝毫不少。这让老板高兴万分，当晚，特意安排了一桌盛宴为他接风洗尘。滕光浪也为自己的成功感到欣慰。同事们更是把他假扮乞丐的故事绘声绘色叙述成传奇。

滕光浪踏实肯干，得到了银楼下至员工上至老板的推崇。满师后不久，老家捎来父亲的口信，要他归家完婚。早年，年轻人结婚皆为父母之命、媒妁之言。父母给你定好的对象你不得不从。滕光浪只得忍痛割爱离开同和银楼。

回老家的感觉真好，虽然他仍在心头依恋同和银楼，可新婚的舒惬让他躺倒在云梦之乡，乐不思返。度过一年的新婚期后，滕光浪依依不舍，告别新婚燕尔的娇妻，再次只身前往湖南。

这一次，他被自己的本家滕光治留在长沙，进文华银楼帮工。这个银楼的老板苛刻死板，把滕光浪这样的后来者当成奴役对象，工钱不给足是常事，累活脏活干了，也没个言语的奖赏。这样让人窒息的空气，使滕光浪感到十分不适，在文华银楼才干了一年不到，他再度回到衡阳，在同和银楼成为当家管匠。

同和银楼的老板仍是一如既往，分内事分外事，由着滕光浪干，滕光浪也投桃报李，干得妥妥帖帖，店内店外一应大小事务几乎不用老板操心。一个人，得到器重，内在激情与才干就会发挥得淋漓尽致。

滕光浪再度在同和银楼一干就是三年，日子已经是1948年了，解放军东渡长江南下的消息不胫而走，湖南也处于风雨飘摇之中。同和银楼的老板是个精明角色，在这敏感时刻，他不声不响转移资产后，一夜之间不见踪影，在众目睽睽之下，溜之大吉，人间蒸发。

老板似乎没有忘记滕光浪，在他走人之前背着别人将他的工钱给足，滕光浪倒没受到任何经济上的冲击，只苦了其他店员，一年白干不说，连回家的路费也成问题。

在这关键时刻，滕光浪没有忘记自己的难兄难弟，将自己的工钱悉数掏出，每个师兄师弟都送一块现洋。既解了大家路费之急，也让大家在危难之时看到了一份真情，人们离开时，相拥而泣，都把滕光浪当亲人一般看待，依依惜别。

滕光浪并没有与众人一道回老家。这年年底，他来到湖南新化县，在一家名为同意的银楼安身。在这里，他一干就是两年，直到1950年初，才告别老板折转回乡。

二十四、走旁门左道的管匠

余西统少年时期是个打柴的角色，才读两季私塾，就因家境困苦，被父亲拉出私塾的大门，交给他一把柴刀、一根扁担、两根绳子。父亲指着西山大岭对他说："山上有路，路边有柴，每天你尽气力砍，尽气力挑，完成一担柴，家中有夜饭给你吃，完不成一担，你就喝碗汤粥。"父亲发了话，容不得余西统争辩，也容不得余西统不肯。母亲多少有几分慈爱之心，悄悄上山，为儿子砍几捆凑个足数，让父亲检查时可以蒙混过关。其实，凭余西统九岁的年龄，不要说砍，就哭也哭不到一捆柴。母亲领着儿子干，帮着他挑下山，随后将柴草捆摆在院子里。等父亲回来，母亲早早迎到台阶边，满脸自豪地笑着对父亲道："你看，我们家西统，小小年纪，如此能干，担子虽小，砍了这么一捆，老爹呀，我们家西统长大了啊！"父亲见余西统还真砍了柴，虽说不多，却也能干。这不能不让父亲释怀。他抚着儿子余西统的脑门儿，深情地说："西统呀，不是做父亲的心硬，实在也是家境所迫啊！这样也好，从小练就手力、臂力、肩力，等到长大成人，凭双手，到哪儿也有口饭吃。"

余西统记住了父亲最后那句话。可是，父亲后来还是发现了内中猫腻，责骂母亲，埋怨她不该这样宠惯儿子。他狠狠地打了余西统一顿，同时斥责他："今后，再发现你娘代你砍柴，我非把你的手脚剁了不可。"余西统哆嗦着，十分害怕，不知所措地望了父亲一眼，惶恐不安地沉下了头。

每天扛着扁担、柴刀，循着日出时的朝霞往西进山，顺着晚霞挑着小柴担晃悠悠往东回村。这成了余西统的生活常态。望着天间飘忽的云彩，他在寻找属于自己的那一片。只可惜，云团时散时聚，余西统迷失了自我。

恐惧、害怕，他的眼前时不时总是晃过父亲的鞭子。

逃避、不安分，他在云彩的飘移中得到启迪。

这一天，他终于给自己拿定了桩本。他没有与任何人商量，悄悄地在自己的食袋中多塞了几只熟红薯，像往常一样，早早扛着扁担进山。没到山边，他扔掉肩上的扁担，甩开腿，几乎是一路小跑，一口气朝南疾奔二十余公里。他的心在飞，他的热血在沸腾，忍饥挨饿，一口气狂奔进当时有些市口的丰城县。在丰城县城稍作歇息，几天之后，余西统又一路要饭来到新干县。

踏上陌生的土地，两眼一抹黑，余西统懵了。既无谋生手段，又无生存能力，一个才十几岁的孩子，孤身一人从街头走到街尾，从街尾乞讨到街头，仍然无法解决温饱。无奈之下，他又干起本行，替一大户人家上山打柴。这样勉强维持总算不至于受饿。快近一年时，余西统的一个家人路过新干，见他在此，好歹发了善心将他领回家乡。

家里人寻找余西统，早已寻得失去了信心，都以为他上山砍柴时喂了老虎，没想到现在孩子回来了。全家人只差没有在祖宗牌位前烧高香。

父母没有责备他，也不让他出门，生怕自己的儿子得而复失。期间，也一直商量让他学门能遮身的手艺。正好，这年清明节，几位在广西柳州多个银号帮工的管匠亲戚相继回乡祭祖，父母便将他托付给远房叔叔余亮昌。母亲忧心忡忡，闪着泪眼，从枕下掏出三块体己银元，塞在余西统的裤兜内，再三叮咛儿子出门在外，不要意气用事，一定要替父母争气，混个样子回乡，也让全家多些荣耀。

少了父母的约束，余西统又成了自由人，他舒筋展骨，欣然上路。1941 年 5 月，余西统兴高采烈，随着石岗帮的十几个工匠一道迈进了柳州城，在老天宝金号栖身。

老天宝金号坐落在柳州的繁华路段，街上行人熙熙攘攘，进出金号的顾客也不少，一切都让余西统感到新鲜。尽管学徒生活单调、紧张，老板也够苛刻，不经老板点头不能出店，不经老板应允不能上柜，但余西统记着母亲临行时的叮咛，逆来顺受，日子过得也算开心。

学徒生活，不仅要从师傅手中偷艺，还要从老板那里学做人。余西统生来就不是阿谀的料，待老板虽然忠诚，但他从不丧失人格，不会踩着别人的脖子做出格的事，从不搬弄是非、饶嘴多舌或在老板面前邀功请赏。他总是无声无息干自己分内的事情，也不需要别人的监督。下工后，无所事事，一头栽倒在徒工床上，悄无声息地进入梦乡，这就是少年时的余西统。

在师傅面前，余西统什么低眉下贱的事都得做。老天宝人多徒弟多，没有几个徒弟能被选中去服侍老板，平日里，徒弟们多把师傅众星捧月般对待。余西统的师傅是自己的老乡，这老头子多了几个年纪，也常在余西统面前摆谱。老师傅的烟瘾重，一杆水烟筒被他吸得像打枪样。上了年纪的人，用火镰击打火石时，颤颤抖抖，上不了劲，到这时分，余西统只要听师傅哼一声，就知道他的需求，常常是急忙放下手中的活儿，给师傅用打火石点亮吸烟的引子，让师傅过一把烟瘾。等到过了烟瘾后，师傅便有了笑容，甚或眉飞色舞，倾情传授余西统手艺绝活。久而久之，余西统把握了师傅这一特性习惯，常常将烟枪按时定点地送到师傅案头，一个哈欠下来，便将水烟筒端到手上。

每逢年节喜庆，他都会去街市上寻找江西小有名气的土烟丝，也就是窑州烟，孝敬师傅。毋庸置疑，正是这种心的交换使师傅将他的手艺和盘托出。待到余西统脱徒出师之日，他的手艺在老天宝已是名声在外。他不仅消化了师傅的本领，还在此基础上，多方寻思，悟化想头，细心琢磨各种花色的手工工艺，用自己独创的细敲法打制出不少精品，为老天宝挣来不少的银元，也换来老天宝的脸面。

出师后，老天宝好言相慰、百般挽留这位后起之秀，其中最让余西统动心的就是工钱。老板明处给他和众人一样开工钱，暗处不时塞个小红包。能有白花花的银子进账，为远在老家的母亲争一口气，为家族传承争来一份荣誉，他欣然接受师傅和老板的挽留，继续留在老天宝帮工，做管匠。

余西统是个怪人，他当师傅后，有一点很让老板上火，尽管老板费尽三寸不烂之舌，三番五次地请余西统收徒传艺，可余西统只听不纳。这样抵制的心态其结果可想而知。老天宝的老板十分不悦。一段时日下来，不愉快的余西统黯然只身离开柳州。

他把人生寄旅的新一段行程交给了湖北武汉。经老天宝管匠汪可龙的介绍，他走进了武昌老万年金号帮工。余西统孤傲的性格在这里仍然不受欢迎。自以为技术里手而与众格格不入，不愿收徒传艺的个性，使他陷入孤独的境地。

徘徊、无助，他再度在两年不到的时间内，另寻高就了。

1948年春节后，他辗转流徙来到河南信阳，经老朋友涂白其介绍在老协和金号帮工一年不到，随后又背上行李来到湖南株洲，经余秀衍介绍，在老万年金号做管匠。

余西统虽有鹤立鸡群之才，可惜的是他太看重自己，少了几分大气，成为石岗银器人物中的一个点缀。

二十五、忠厚本分的护身符

在石岗地区老一辈银匠中，经历土改、社教、"文革"等历史运动，很少受到冲击和审查，一直过着相对平静生活的，要数葛静琪了。1976年4月，他还被任命为新建县电焊机厂下料车间副主任兼党支部委员，与滕光淮共事合作。滕光淮任车间主任、党支部书记，他负责组织车间生产，负责技术指导。葛静琪做人有原则，抓大放小有一套，做人的思想工作晓之以理、动之以情。在长埚五金合作社工作期间，曾任副厂长，由于他不计个人得失，努力成就自己的人生目标，1958年荣获县劳模，1959年获市劳模，几乎每年都是本厂的先进生产工作者。一道道光环套在葛静琪脖子上，让人称羡不已。1960年，新建县人委提拔脱产人员审干表上，对他的评价是：工作积极肯干，有培养前途。历史清楚，政治可靠，思想进步，业务熟练。

　　一般从旧社会过来的银匠，都有个普遍的特性：功底扎实，技术老道，做五金工得心应手。

　　葛静琪的脑子转得并不快，他的技术靠的是他的勤做多学。1941年他到泰和县永阳镇丰太昌银楼学徒，这年他17岁，在众多的徒工中，他算年龄最大的。旧社会一般学徒年龄都在13岁左右，像他这般年龄，不少徒工都已出师上道成了管匠，可他才第一次拿上吹筒，练吹气、吸气、换气，那副憨态可掬的模样，常常让大家忍俊不禁。葛静琪也不睬大家的嬉笑，自己练，把腮帮子练得发炎，肿得馒头样，他仍坚持不懈，这一点，很得老板和师傅的喜爱。老板娘也对葛静琪有好感，说："这孩子人虽牛高马大，倒也听话，不讲鬼话，不做鬼事。"有那么一次，葛静琪发高烧，几乎水米不进，说胡话，老板亲自请来中医郎中，替他号脉，抓药，药费也是老板掏的。老板娘把他视作儿子一般，亲自为他熬药。由于老板及老板娘的悉心照料，葛静琪病情得到控制，老板为他捡回了一条命。自此，他更加认真学技术，为老板照应家务，一刻也不闲下。

就在他快要满师，打算在丰太昌大干一场，报答老板救命之恩时，天有不测风云，一件意外的事情发生了。这年腊月，一个月黑风高的夜晚，一伙土匪带枪冲进店中，将丰太昌银号洗劫一空，老板也被土匪绑票上山。

这事非同小可，老板娘将自己珍藏的金银首饰东拼西凑集足五百元大洋，交给中人，全部送上山，土匪才没有将老板置于死地，收钱后放其下山。

一夜之间，丰太昌银号的命运发生了变化，银号中的师傅徒弟们的命运也发生了变化。老板颤抖着身子声泪俱下地对众人道："老天不长眼，让我丰太昌遭此劫难。危累之下，岂有完卵乎？我不能庇护大家，也无法让丰太昌再开下去，现在我连遣散金也无力发给大家，一切都到此结束，大家各奔东西，委屈大家了，委屈大家了！"

老板让丰太昌散伙，事出有因，不给路费，也情有可原。葛静琪是打了牙齿往肚中咽，无可奈何，悻悻地离开了泰和县永阳镇。

他一路风尘，回到老家。后来，在朋友熊树根的举荐下，来到修水县船滩镇老凤祥银楼帮工，这一年，他开始以管匠的身份，领师傅的薪酬，很快成为老凤祥银号的"掌墨师傅"，也就是掌管柜上柜下一应技术事务的师傅。他这个人不愠不火、不急不躁、沉着坚毅，进出金银，柜上柜下不少分量。老板对他十分信得过。

修水县世家大族多，平日里财富深藏不露，有钱人多在金银上用功夫，每个家庭主妇的首饰盒都装得满满的。葛静琪便把店中金银器制作的方向盯紧女人市场，一时间，由于老凤祥银号的饰品花色新、做工精致，引得富婆豪妇纷至沓来。

让葛静琪得意一生的一件事，就发生在他在老凤祥主事期间。这天，银号来了一位阔夫人，虽然穿着打扮不怎么珠光宝气、富丽堂皇，可是她出手阔绰，现大洋一摞摞地往桌上码。她选了金项链又选金腰带，选了金钗钿又选金手镯，把整个银号的人们都给镇住了、看呆了。葛静琪不厌其烦地向她解释各种金器花纹的寓意和乡俗讲究，同时，也给这位阔夫人灌了好些迷魂汤，当然是说了不少她爱听的、奉承她的话。这个富婆听得心花怒放，在葛静琪恰到好处的捧抬后，她几乎把自己的钱袋掏空了。不仅如此，为了显示自己的大方和豪气，她还赏给葛静琪两块大洋。

葛静琪收下大洋时，既满心喜悦，又有几分得意。不过，他倒从另一个角度想，这赏赐是老板的金子换来的，这现洋不应该属于自己，而应该属于老凤祥，属于老凤祥的老板。于是，他在众目睽睽之下，将这两块现洋入账。他的这一手，在老凤祥像煮了一壶沸水，有人夸赞，有人讽刺，有人不屑一顾，都说这葛静琪是傻鹅头一个。葛静琪也不搭理众人的议论，仍然无声无息地干自己手下的活。

这件事，让一个人看在眼里，记在心里。这个人不是别人，正是老板。他也没吭声，依着葛静琪自做自是，只当没见着一样。

到了月底发薪时，老板却把葛静琪叫到一边，悄悄地往他的口袋中塞进四块现大洋。老板说："你为老凤祥出了多少力，用了多少心，我心知肚明。你这个人不贪财，不贪小钱，我心中有数。我就需要像你这样的本分人，做事有分寸、有德性。就凭这一点，我就得双倍给你奖赏。"

葛静琪当然是拱手不受，可是，老板呢，也同样执拗，坚持要给。拉锯战的结果可想而知，葛静琪盛情难却，收下了这份沾满情义的额外钱。

老凤祥的生意虽然不错，可一旦民族受到蹂躏时，它的命运也好不到哪里去。这一年，民族灾难也降临到了修水地界，日本鬼子的烧杀掳掠照样把老凤祥一把火烧了个殆尽。

年轻气盛的葛静琪真想上前用柴刀砍死几个鬼子，替老板复仇，倒是老板和老板娘将他揪住，连连劝解："留得青山在，不愁没柴烧。暂且忍忍，总有一天要将这些日本鬼子杀个人仰马翻！"

葛静琪万般无奈，只得随了逃难的人流重新回到泰和县，这里是山区，相对平安，因为鬼子兵少地广，鞭长莫及，加上国民党军队的强力抵抗，这个山区县其时还不曾被日本人染指。葛静琪在陈昌文的举荐下，委身于协兴银楼帮工，当管匠。

葛静琪这个人念旧，讲情讲义，期间，他的旧日老板，也就是丰太昌的老板又酝酿再度复兴银号。闻说葛静琪回到泰和后，老板找到他，请他再回丰太昌银号主事。

葛静琪毫不犹豫地答应了老板的请求，回到丰太昌银号。

在这个银号中，他不仅有旧地重游的感慨，也有报恩之心；不仅有知遇的感觉，也有大显身手的抱负。

他平日比老板起得早，比老板睡得晚，每天晚上他都要在一觉睡醒后，去大门边摸摸门杠，听听外面的动静，生怕出任何闪失。他视老板的店为自己的家。

老板对其也是恩待有加，给他发双薪不说，还每季都要给红包。

重新在丰太昌当管匠的四年，是葛静琪从事金银器生涯以来最为惬意的四年。在这里，他得到了他想要的东西，那就是工艺技师的良心和德性。他之所以受到人们的敬重，受到人们的爱戴，除了他娴熟的手艺，更有他君子爱财取之有道的心性，他憨厚实在不张扬的秉性，他办事一步一个脚印、脚踏实地的仁性。

二十六、眺望天际一线光亮

每个人都有自己的个性，有人张狂，有人内敛，个性决定命运。说到石岗老一辈的管匠——熊际光，既有可叹之处，也有可圈可点之处。

在石岗的银匠界，说到老一辈管匠，都认为熊际光的性格狂放不羁，他这个人做工有一套，行事有一套，做人有一套，他的本性不坏，就是奇傲无比。他生于 1916 年，14 岁跟随本村堂叔熊集炎前往汉口交通路庆孚金号当学徒。凭着自己念过四年私塾，有点知识，通晓文字，在庆孚金号卖文弄字，故弄玄虚，还真把个老板糊弄得晕头转向。金号的官司诉状、金号应对缴费等各种文书，皆由他润笔。如此这般时日长后，就落了个"秀才"的外号。老板的器重，让他好像鹤立鸡群，多了几分优越感，在众徒弟中也好像高人一筹，有时免不了还要支派其他徒弟为自己服务，让诸位徒弟愤愤不平。不过，熊际光拿捏技术却有一套，他只要溜一眼就会，做一次就能上手，他人难望其项背。凭借心灵手巧，他在众人面前，多了几分笑傲江湖的本钱。说他头脑膨胀也好，说他忘乎所以也罢，他就是这样，充分利用自己的天性，利用自己的本钱，在一个小小的范围内塑造一个刚性十足的熊际光。

出师的前几个月，是熊际光有意展示自己的最佳时机，为了显示才华，他单打独斗，又锤又吹，顷刻做了个蝴蝶结。最后焊接挂钓时，他认为已经大功告成，干脆让自己得意的一个师弟上手。熊际光这个师弟，平时待熊际光敬如兄长。见熊际光让他上手，简直受宠若惊，身子哆嗦着往前靠。或许是因为心理压力太大，时不时瞟一眼熊际光，颤抖着吹气、烧丝、铸焊。只可惜，因为火候没有掌握好，化丝时的焊火太强，不仅熔化了金挂手，连蝴蝶结也烧熔，好端端的金饰品在师弟的手上化成金泥。这样的结果让熊际光火冒三丈，当下便抡起巴掌给了自己师弟几个耳光，师弟被打得鼻青脸肿。店中不少员工在一旁看不下去，很多人都指责熊际光。庆孚银楼因之烽烟四起，熊际光惹了众怒。眼见熊际光已成众矢之的，老板为了平息事态，避免节外生枝，狠狠克了熊际光一顿，同时，让熊际光赔付师弟两块银元，此事方罢。这件事给了年轻气盛的熊际光一个沉痛教训，大大挫了熊际光的锐气，自此那种自大高傲的牛脾气开始有所收敛。

不过，江山易改，本性难移，学徒期满，喝了满师酒后，熊际光似乎又开始趾高气扬。凭借自己的好手艺，目空无人，高高在上，全不把众人放在眼里。人们都说，这时的熊际光，有三不：不是名人订定的金银饰品不动手；不是有分量的金银饰品不上手；不是戳上或嵌上自己名号的金银饰品不沾手。更为要紧的是，这几种类型的金银饰品老板一旦指定他人上手，他就会赌气不干。干脆出店上街，自己逍遥自在，去堂班（妓院）或澡堂寻开心、找快乐。老板图他的手艺，不计较他的粗暴，也不计较他寻花问柳，仍把他当义子看，好言相慰，谆谆教诲。

熊际光这个人，虽然傲慢，但为人仗义。一次，店中来了几个野贼，动手动脚，欲抢些金银解无米之炊。歹徒冲进店中，抢起木棍，挥动刀剑见人就打，逢人就砍，熊际光见状，抢起一根扁担，横扫而出，几位毛贼，见其凶势锐不可当，登时软了手脚，屁滚尿流，落荒而逃。此举既出，熊际光在庆孚银楼声名大噪，此前的负面形象也在人们钦佩的目光中消弭，不少与熊际光有隙的师兄弟皆捐弃前嫌，与他重归于好。

1938 年的武昌，风声鹤唳，草木皆兵。日本鬼子妄图独霸东南亚的野心急剧膨胀，他们的触角这时已接近武昌，整个城中，人心惶惶，大家都在为自己寻找后路。庆孚银楼的老板害怕自己遭灭顶之灾，在武昌沦陷前，将银楼关闭，给每位店工派发遣散费，提前各奔东西。

随着西下的人流，熊际光在老家做短暂停留后，告别父母，再度往西南而行，来到湖南省常德市。家困国难，虽然生活上由于有一手好技术遮身不至受苦，但是，颠簸辗转的不安定生活增添了他的烦恼与不安。经舅父和他的同村人陈史杰介绍，熊际光在常德同福银楼安身，工余闲暇，他便借酒消愁，一解胸中块垒。有时，情欲萌生，无以发泄时，便前往花街柳巷，风流一夜，用另类快乐慰藉灵魂。也就是在这里，他结识了自己的妻子钱耀华，两情相悦，相亲相爱。为了解救钱耀华脱离魔窟，他不惜倾囊而出，为其赎身。由于同福银楼在南昌开了家金店，他自告奋勇带了妻子来到南昌同福银楼帮工，当管匠。

熊际光的脾性刚烈，很有个性，对待金银首饰加工却有自己的做法。这之前，人们谈到金银匠，都有个说法，以至把这些匠人形容为贼匠。在制作金银首饰的过程中，不少管匠都依了老板的经商恶习总是减少分量，偷工减料。熊际光却不然。

他制作一丝不苟，分毫不差，足金足银，让客商放心。老板见熊际光如此认真，有时为了挣利润，有赚头，便把一些有分量的器具分给其他师傅加工。熊际光看在眼里，记在心里，待到顾客前来取货时，他便抢先上前，将首饰搁到戥子上，不由分说，一本正经报个重量，让老板和那位师傅在一旁看傻眼，出声不得。

熊际光犯了生意场上的大忌，回报的是名声，失去的是饭碗。老板能容得下他的刚劲，却容不下他的豪气。如此不守规矩，能不解雇，那才叫怪事一桩。

眼见熊际光丢了饭碗，夫妻俩的日子过得艰辛异常，他的一个师兄曾敬岩看着不过意，出面为他寻个去处。于是熊际光携了妻子，在1943年秋来到湖南湘潭余太华金号营生。按说，他既然碰了这么多壁，遭了这么多挫折，受了这么多白眼，理应收敛本性，听任老板的支派。他的好朋友曾敬岩也劝他：做事不依东，受累两头空。识时务者为俊杰。可他的牛脾气倔犟无比，一旦认定的事就是九匹马也拉不回，照样我行我素，店中大小业务，只要到了他手上，论斤论两，分毫无差。

余太华金号成了他短暂寄寓的临时停靠站，才一年工夫，他就毫不犹豫地选择了离开。随后，他又背上行囊来到湖南首府长沙永华银楼帮工。在这里，老板似乎并不在意熊际光的大度，在意的是他的做工和质量。有时候，熊际光在工作台上做工，卖力地鼓着腮帮子吹管，倒成了老板欣赏的风景。看着熊际光成坯、雕花、刨光，老板常忍不住击节惊呼："巧夺天工，巧夺天工，神了。"

　　熊际光倒不在意老板言语上的奖赏，他只在意自己的份子钱，只在意老板能给他多少工钱养家。熊际光人虽狂放不羁，待妻子却情真意切，为了能挣足钱让妻子笑颜常驻，他甚至去别的金店做夜工，赚些外快。这样的生活，虽然多了几分辛苦，却也充实，金钱的充裕与情感的满足，伴生着向往，让熊际光在前行的路上铆足劲，放大飞翔的距离。这便是熊际光的另类人生。他顶着巨大压力收获了妻子的情爱，钱耀华的姿色和菩萨心肠让熊际光不能自已。人的个性所夹带的激情迸发，是不可抗拒的内在动力，他爱钱耀华胜过爱自己。尽管钱耀华的身世特殊，甚至遭人非议，他在无所计较中为自己的情感开辟了一条生路。相依相守、不离不弃的信念，支撑着他前行。老板为其提供的一间小平房，散发着家的温馨，散发着爱的芬香。为了爱情，熊际光开始收敛自己的个性，平日在店中柜上柜下，再也见不到他包打天下的影子。师徒聚会时，再也听不到他笑逐颜开的嘻骂打闹。他沉默寡言，离群索居。这些细微的变化，既让老板错愕，也让师兄弟们惊讶，谁也悟不透他的所思所想。老板见他心性变化如此之大，常常请他酒楼小叙，甚至有意识地夸赞他，说他这个人有江湖义气，算个人物。英雄爱美人，是人之常情，是天下大爱，可熊际光就是高兴不起来。

　　日子就在这样的纠结中度过。不过，说归说，做归做，熊际光在社会上随波逐流，不与人讲斤论两，可当他回到两人世界，回到小平房，他又激情四射，像一条牯足劲的公牛，在妻子钱氏身上寻找自我，得到一个男人想要得到的一切。生活的激情几乎占据了熊际光的心胸，他开始珍惜自己的付出，珍惜手中的每一个铜板，再也不在工余闲暇去赌桌上消遣，再也不到那些有伤风化的去处去挥霍。为了避开人们的异议和另眼相待，他再度毅然决然地离开了余太华银楼，携着爱妻，经同村老乡熊世金举荐来到衡阳老天宝银楼帮工。老天宝的老板是熊际光的江西同乡，待人也实在，对熊际光的工作热情十分看重。凭他的技术、凭他的手艺，熊际光在老天宝领的是最高薪水，每月十二块银元，这样破例开工钱在老天宝还是第一遭。熊际光如鱼得水，平日柜上柜下，从不松懈，抱着士为知己者死的意念，凭着吃技术饭的良心，老板给我半斗谷，我还老板一担米，天生的质朴让他时刻处于亢奋状态，尽心付出。店中一应大小事务，只要能够经他的手化解，皆可通融。熊际光几乎成了老天宝老板的左膀右臂，深得老板的器重和信任。

1950 年湖南解放后，政府实行金银管制，老天宝歇业遣散，熊际光带着几分遗憾，携了娇妻，回到老家石岗，在大街小巷干点修理钥匙、电筒、汽灯之类的小手艺活儿，随后又到南昌劳动饭店做临时工，开始了他的新生活。

二十七、一条道走到黑的人

吁柏荣 40 岁才娶上老婆，从旧社会走进新社会，几十年的人生历程，说碌碌无为也好，说行走江湖也罢，生活总是这样不尽如人意，这不能说不是一种悲哀。做管匠他算得上个人物，可面对生活他也许是个弱者。

吁柏荣清楚地记得他离开家乡的情景。虽然他已快要步入成年人的行列，但是，他还是懵懵懂懂，不懂世间情，不谙世故。从来没有离开过家乡小山村的孩子，听到父母亲晚上躺在那张陈旧简陋的床上，低声地絮絮叨叨算计着要给他找门手艺学时，他还以为这样就可以步入天堂，不用每天上山砍柴、放牛割草、耘禾耕田，可以披着长衫，像私塾里的老先生那样，穿上布鞋，走在乡间的小路上，多几分神气。可真正到了父母给他准备好行囊，把他托付给邻村表叔陈重滨时，他才感觉出即将离开窝巢、告别父母时那份依依不舍的痛楚。他没有远大的抱负和理想，只想相随着父母，在这间破屋中完成自己的生命伦常。当另一种命运即将降临到吁柏荣身上时，他彷徨，心慌，局促不安，不知所措。

领路人在催促，父母在好言相劝，他的内心在挣扎。前路漫漫，何期几许，吁柏荣长长地叹了口气。临出门，他抬眼望了望天空中那些自由翱翔的鹰鹭，跟在陈重滨的背后，泪眼婆娑，咬咬牙，上路了。

生活就是这样既无情又有情，家境的贫寒让他远走他乡，这是父母无奈的选择，也是他自己无可奈何的选择。当吁柏荣的生命驿站停留在本省贵溪县城时，他似乎又有几分兴奋。麻石板铺就的路上，润雨刚过，人们穿着油鞋上路，走在路上"咯咯"响，十分时髦。街上的招牌字号硕大醒目，趁风招摇，琳琅满目，很是惹人。撑着油纸伞的小姐发出的浪声细语，充斥于耳，让吁柏荣心中痒痒的。一切都是那么新鲜，那么的让人留恋。看过了，想过了，吁柏荣似乎又多了几分自卑，想自己破衣烂衫，饥不果腹，何时何日方能够和这种生活平起平坐，能让别人看得起自己，让别人认为自己是个人？年少的心在荡漾，内心的骚动久久不得平息。

　　领路人把他带进了一家名为益亨的银楼。

　　当领路人把他交给益亨老板时，益亨老板有几分嫌他岁数大，不想收留。倒是领路人再三讲好话，叙说吁柏荣如何听话，如何厚道，如何信得过，做事如何勤快。领路人口若悬河，快要把水说成点得亮灯，连吁柏荣自己听了也觉肉麻。老板仔细斟酌打量一番后，终于还是点了点头，算是认可。

　　吁柏荣开始见老板装腔作势，还有几分不服气，心想：此处不留爷，自有养爷处。几欲扯了领路人一走了之。可后来见老板还是把自己收下，吁柏荣长长地舒了口气，也罢，总算有了个安身立命的落脚处了。

　　益亨银楼前商铺后作坊，似一所深宅大院，师傅徒弟十几号人，忙前忙后，柜上柜下，多有几分生机，商客虽不能说爆满，每天进进出出的买客倒也不算少，收益之可观自是不用言明。

吁柏荣进店后，让他感到困惑的是，原本家中是让他前来学徒，可老板既不安排他在柜上当店员，又不让他在柜下跟师傅当学徒，每天只在厨房和后院干力气活。去井边挑水，去市面上买菜，给老板哄孩子，各种杂务缠身，就像老板用根绳索将他捆缚着，身子骨从没个舒展。

最让他难堪的是砍柴，砍慢了，厨房的师傅动不动施以拳脚，打得他鼻青脸肿，还不能哭出声。人身虐待的痛苦在他心中烙下了永远的印记。他忍辱负重，默默承受。一个远离家乡的游子，在自己最困苦的日子，能够指望的就是尽快过完每一天。不过，老天不负有为者，吁柏荣勤勤恳恳的行事方式终于得到了回报。两个月过后，老板让他跟师傅了。只是，在拜师学艺的同时，一些银楼较为粗重的体力活还是由他上手。吁柏荣心想，只要能获得老板和师傅的认可，吃什么苦，受何种罪，他吁柏荣认了。他拼尽自己的力气，耗尽心血，别人用一分代价学的东西，他用加倍的努力去应对。

人善被人欺，马善被人骑，吁柏荣当学徒的经历比黄连还苦。平日里，不要说几位师傅的洗脸水、洗脚水要他倒，就连那些比他早进店的师兄们也算计他、胁挤他。跑腿，买烟，修脚挖耳，捶背擦腰。其他师傅的徒弟也会使尽解数，将他们名下的各种累活、脏活转移到吁柏荣名下。他们常说的口头禅是：吁柏荣知轻知重，做事有分有寸。吁柏荣就是干粗活的料，师傅们都喜欢吁柏荣上前，我们当然礼让成全啰。

吁柏荣的勤快在益亨银楼是出了名的。师傅也十分喜欢他那少言寡语的性格。不把这个徒弟带好，良心也过不去，于是，师傅动了情怀，手把手地教他几招技术，这一来二往，吁柏荣的手艺开始往前赶了。那些比他早进银楼的师兄们，也渐渐甘拜下风。时间久了，吁柏荣上手的机会多，技术也就过硬了。楼内一些金贵的饰器，都让他上手雕花刻图，一时间，吁柏荣成了贵溪县城远近闻名的风云人物。不少富妇少妻都慕名前来，指名道姓，购买吁柏荣打制的金银器。

吁柏荣还是那个吁柏荣，他既不摆架子，也不装模作样，仍然像往常一样，给银楼挑水劈柴，端茶送水。老板看着不过意，安排了别的徒弟代班顶岗，他照样我行我素，不计较得失，在苦和累中寻求自己的另类乐趣。这不是说他的做人境界有多高，其实，多半是个人性格使然。

三年后，益亨银楼老板分家，将银楼留给大儿子，自己带了小儿子去樟树市开了家宝成银楼，这一回，老板谁也没带，只让吁柏荣跟着他一道前往樟树。

樟树是江西历史上的四大名镇之一，商埠广袤，市口繁华，人气鼎盛，又有"药都"支撑，牵动各业兴旺。

吁柏荣带着感恩之心跟着老板来到樟树，地域变化的新意并没有给吁柏荣的人生带来更多的新意，他与老板做的第一件事就是将镌有"宝成银楼"四个字的牌匾端端正正地挂上门楣。

俗话说：打起锣鼓要戏唱。老板和吁柏荣一刻也不敢懈怠，几天工夫下来，银楼内的摆设便停停当当，弄了个齐全。

吁柏荣成了宝成银楼的柜下师傅，挂头块牌的管匠。吁柏荣得了老板高看，自不敢怠慢，既然自己是师傅，理所当然，他就要在技术上做精，在新、特、奇上下功夫。吁柏荣不辞辛苦，每天柜上柜下跑，马不停蹄，脚不离鞍，做得有声有色。宝成银楼的业务也因之一天比一天兴旺。每年岁末，老板都会用高额赏赐特别关照吁柏荣。

吁柏荣赚了钱，口袋里鼓起来了，可他想的不是自己，他想的是老家的父母兄弟姐妹，他每年赚的钱几乎全部都寄给家中。父母用他寄回来的钱置了几亩薄地，买了几间房。只是，吁柏荣却忘了替自己算计，岁月的时光忘记了吁柏荣，他也忘记了岁月交替的迅疾。一年又一年，就那样孑然一身，只求财，不求情感的慰藉，而当他一旦醒悟，蓦然回首，岁月是那样不堪回眸。1949年解放军的枪声，打破了药都樟树的平静，金银业被政府限制经营后，吁柏荣背上行囊，回归故里。这时的他，还是像他当年第一次远行前一样，只懂砍柴，田地活计亦不通晓。他开始利用自己的手艺做些小本生意。再后来，他迈进了县五金厂的大门。

直到1958年，他终于找到了意中人。这个人叫赵淑英，小时候，父母双亡，在南昌育婴堂栖身。由于长得还不错，被厚田乡一富户周兴买回，成为他家的用人。赵淑英长大成人（大概是22岁左右），周兴强迫她嫁给生米街一富户唐玉明做填房。唐玉明比赵淑英大10多岁，赵淑英稍有不从，便挨打受骂，受尽折磨。解放后，唐玉明逃走，赵淑英向人民政府申请离婚获准。随后，她与吁柏荣走到一起，两个苦命人撑起一个家，养育了两女一男，日子终于有了一些新意。

吁柏荣沉闷的人生，使他晚年病魔缠身，生命没有给他带来更多的新意，但是给他留下了一个好声名——一个无声无息的好管匠。

传情篇

继承是荣耀，更是责任，当接力棒在今天交给石岗松湖一带的子民时，他们所承袭的文化、智慧、技艺、伦常都在创新中得到光大。

在古老的金银饰品中，我们闻到了一股金银的清新气息，继承就是一种创新。年轻一代在把金银饰品写进历史的同时，也把自己的接力棒写进了历史。这就是石岗金银器的今生今世。

二十八、赛银厂的春花秋月

　　20 世纪 60—70 年代，石岗有过两件盛事，用俗语说：毛狗子扒动了土，翻动了石岗人的祖坟。石岗在意想不到的历史轮转间，天空中响过好一阵雷声，这雷声无论是音量还是频率都让人为之一震，这雷声不是闷雷，也不是炸雷，雷声清脆悦耳，躺在摇箩中的细伢子听了响动，哭了，哭得一个石岗村像个歌唱的海洋。有人说，就是这些新生儿的啼哭应了这雷声，让石岗的山裂了，地动了，石岗要沐新更色添异彩了。现在重新回味这种说法，虽然觉得有几分牵强，但细想起来，其间还真有几分值得咀嚼的味道。

　　这雷声响过后，石岗人从南昌传来一个讯息，南昌市的抚河区要搬到石岗来，石岗要建成一座城。福兮？祸兮？谁也说不准，不过，从石岗人的角度看，起码这不是个凶讯。石岗的土真的要动了，石岗要翻个跟头了。

　　谁也不能想象其时的光景，在短短的几个月时间内，动员全县可动员的人力资源，当然是农村劳动力，集中支援建设南昌的卫星城——石岗。对石岗来说，这不啻是惊天动地之举，石岗人大喜过望。要在石头岗上建一条属于卫星城的"八一大道"，听起来，像是天方夜谭，但是这又确实是正在发生的改变。手推车、拖拉机、东方红推土机，还有如蚁的人流，典型的人海战术。白天车水马龙、人山人海，夜晚星灯夜火、热气朝天，没日没夜地苦干，轰轰烈烈的景象出乎人们的预料，在很短的时间内，十里长街的"八一大道"便展现在世人面前。

一时间，南昌城的机动船、机帆船，逆水行舟，自赣江上溯锦江，那场面之恢宏，让人叹为观止。赣江、锦江千帆竞白；陆路上，经由八一桥往320国道的拖拉机、汽车也是排满长龙，为造城送人力，送资源，送补给，喧嚣的局面被车辆的鸣笛声所淹没。

对南昌市抚河区的居民来说，这似乎是一场灾难，离开城市，来到这样的荒山秃岭栖身，无论是感官还是面临的生活，都很难适应，很难接受。

这种搬家不搬心的闹剧，只有决策者心知。主政江西的程政委应该是一位军事家，他从战略的高度认为石岗是块要地。在建设卫星城之前，他几次三番来到石岗视察，出于应对未来战争的需要、出于打仗的考虑，把南昌城内的居民疏散到石岗，这就是程政委任上的惊人之举。这位"地方大臣"在坚持自己的主张和决策时，并没有把人心这个因素考虑进去。不过，话又说回来，任何一位"地方大员"，在做出某项决断时，总会牺牲一部分人的利益。问题的关键在于这种牺牲值不值得，有没有必要，能不能得民心，是否能经受历史的检验。

站在今天的角度，我们再回过头去重新审视这个决策，似乎又能找到当时决策的合理性、长远性，以及做大南昌的雄心。这似乎又是对程政委的正面评价。进入新世纪后，南昌的造市之风日渐膨胀，城市的高层建筑自红谷滩蔓延至红角州，再拓展至九龙湖。由于南昌造市趋势南延，石岗的地理因素又在逐渐发生变化，按照这种势头一味进占，不久的将来，拓展的规模势头将渐渐接近石岗天子庙的脚下。

从这一点看，又着实印证了我们程政委的"决断英明"。要是程政委晚解职几年，石岗也就不是今天这个样子啦！

石岗在程政委的指挥棒下，成了一块热地。抚河区的居民来了；南昌市二十余所中专搬过来了；一大批轻工业厂搬过来了。石岗乡所在地石岗村的地位也迅速提升，从石岗村划出的城区升格为石岗镇，成为正县级单位。这正应了"有人欢喜有人愁"这句老话。

石岗镇上那条宽广的"八一大道"，至今仍让人唏嘘不已。那栋人满为患、带给石岗人新潮观念的影剧院至今也已成为陈迹。在那些大街小巷中，辨认某栋某片属于某个学校、某个厂，至今只能让人心生长长的叹息。时代造英雄，时代也唾弃英雄，英雄一旦失势，就成了狗熊。当某个时代成为历史后，那些受到牵累的人们总会贬损其所处的那个时代一文不值，这就是人们的价值观。几十年后，这里已是灰飞烟灭，一场闹剧在劳民伤财中走向尽头。

在昏暗的夜晚，人们数着星星，盼着月亮。忽然有一天，当人们一觉醒来，在晨曦初露时分，发现这城的地基开始晃动，四周好像出现了一些细微的变化，人们就像避瘟疫一样逃离这片属于他们的"家园"。临了，还忘不了跺回脚，吐口唾沫。

后来石岗地区疯传一种说法：石岗地区之所以载不下一座城，就是因为天子庙供错了主神。天子庙理应供奉某位历史上的天子，可天子庙供奉的却是杨戬，杨戬不是天子，所以立不住。天子庙相传创建于宋朝，当时名为"显灵祠"；明初扩建后，始为"天子庙"。

历史上的北宋晚期，朝政腐败，金兵入侵，内忧外患，民不聊生。这件事也惊动了天宫的玉帝，为拯民于水火，玉帝问众仙："谁愿下凡为天子？"众仙皆默不作声，内中唯独赤脚大仙微微一笑，玉帝因此差遣之。赤脚大仙满心喜悦，当下即邀请杨戬做"护国"。乃下凡投胎于石岗余家村。

石岗父老乡亲为纪念此事，乃在原址兴建此庙。

因之，石岗咸鱼翻身有时，但成不了大气候。这种议论于当时的语境，不无道理。可时至今日，这句话似乎又成了妄语。杨戬虽不是天子，可其所作所为，却与天子无异，供奉他，是石岗人的聪明与智巧。今日的石岗，金银产业做大，红遍祖国大江南北，你能说，这里边就没有杨戬的"作用"吗？虽然这是句笑话，但天子庙的心理暗示，让石岗人找到了通向外界的出口，找到了生存的目标，找到了发展的定位，找到了奋进的方向。从这点讲，"天子"庙中的杨戬功不可没。

一切都成为往昔黄花，南昌的卫星城石岗镇没有给这片石头之岗带来繁华和热闹，只剩下冷冷清清、凄凄寂寂，到处是残垣败壁和断头路，暴殄天物，呜呼哉！旧社会留下的老街与新街连接在一起，虽然稍觉有些接缝口，但是，人们似乎习惯的仍然是那种古朴、原始、野性的乡村生活。石岗镇上最壮观、最热闹的一幕，也就是笔者上述的盛事，也就这样潦草落幕。人们没有抱怨，也无期冀，顺其自然，石岗又恢复了早年的平静。

石岗地方，喜长樟树，这也许是气候、土壤和人们对某种树的特别爱戴所致。香樟树属于四季常青的实木，蓬开的伞形叶儿荫庇着一方水土，让石头岗也与江南其他地方一般，有着一片片点缀其间的绿。人们的喜好总与性格有关，香樟树挺拔硕大、木质坚硬，长年散发一股幽幽的馨香。人如其树，石岗人也与香樟树一般，坚韧不拔，多有才干。

我在石岗采风的日子里，某年某月某天从金城村走马观花，一路迤逦。回石岗时，天色已近傍晚，过石岗大桥时，这座大桥由于年代久远，不堪重负，正在维修，我心忧惧，不敢贸然乘车过江，干脆跻步于千疮百孔的桥上，临近桥中间，我不由得收住脚步。锦江就在我的身下流过，一抹晚霞涂红了西天，映在水上，也多了些色彩，水在桥下悠缓东逝。我想，岁月载着石岗，不也这样悠缓地度过吗？深秋季节，收获后的石岗，沉醉在一片雅致的灵境中。忙于收获的人们穿梭于田野，忙里偷闲的老牛在一旁趁了空当啃咽着枯黄的稻秆，孩子们在黄昏的夕阳中嬉戏打闹，石岗呈现出一片收获的秋景。可是，一旦一场秋雨过后，锦江又会成就另类大势，滚滚涛声，不绝于耳。

人们扛着板凳龙，点亮灯笼，此起彼伏的焰火，映红了石岗夜空，火树银花不夜天，石岗人的兴奋和喜悦被点燃了。奉神鼓的鼓点激荡着人们的心弦，更有几十条长龙，来到锦江边，共着江水，于两岸相随起舞，锣鼓点把锦江的浪花敲碎了，敲成了金光潋滟、银色斑驳。清朝新建县令邸兰标有诗赞美西山乡风敦厚：

　　　　厌原民俗好敦庞，独以桑麻耀此邦。
　　　　春绿满山茶子树，梦中犹识是锦江。

　　乡俗点燃的热情驱赶了寒冷，不服输的年轻操龙手与锦江较劲，灯火与曦晖互动，牵引着又一个黎明的来临。

　　石岗民风淳朴由来已久，对神的敬畏让他们生发出了艺术表达的形式。这里的古戏台上，总会出现不少神的造像，祖祠间更是如此。这与当地道教盛行不无关联，道教的神力在石岗人的眼中法力无边。救民于水火的无形推力几乎涵盖了石岗人生活的每个旮旯。这种力量，看不见，摸不着，但又让他们似乎有所感应到。很多民间艺人在谈及这一点时，都认为道教的力量改变了石岗人的命运。道教所崇尚的"处世八宝"——忠、孝、廉、谨、宽、裕、容、忍，在这里发挥得淋漓尽致。道教力量的延伸给石岗人开辟了一条解读生活的灵智之路。灵境的梦想，使石岗人对灵物的器重到了登峰造极的地步。

　　随着时代和生活环境的改变，中国人开始对自己的过去有了新的认识，对自己的未来有了新的规划。在平静中泛起心头的不平静，于无声处听惊雷，石岗人筹谋的心计，使他们有了新的想法和做派。1979 年是个萌生梦想的年份。这年的社火节期间，早年在广西经营过银号的余仁麒先生，一大早起来，便前往石岗街上的石岗镇食品供应站割来两斤猪肉，让自己的儿媳妇磨了几斤炒米，找出那副蒸制松湖米粉肉的蒸笼，待松湖米粉肉入锅蒸后，他又从自己睡的硬板床下，搬出那缸有些年份、他自己亲手酿制的春酒，儿子、儿媳好生惊奇，他们隐隐感觉到，父亲又要在自己的晚年酝酿什么大动作，做件震动石岗的大事来。

那年头，刚经过噤若寒蝉的人们，心头还残存着一丝对"破四旧"的敬畏，社火节，只是自家过一过，并不讲究群体活动。大家都在家中备酌，各自过着自家的社火或自姓的社火。

余仁麒似乎有自己的大事要做。在这之前，他一没有讲今年自家的社火怎么过，也没有说今年过社火要请那些亲戚朋友。余家有很好的家风，家中长辈发的话，先不管意图若何，只按长辈的意思办就行。

这年余家过社火节，请的客人姗姗来迟，却是一群不寻常的客人。余仁麒请来的是早年经营过银号的余浩然，还有老银匠熊庆茂、李泽仁、陈裔煌等人。

余家社火节这一桌酒宴，开始喝得并不很顺畅，这些多少都曾受到过不同程度冲击的民间老艺人，大多养成了少说话的习惯。酒过三巡，余仁麒见众人猴急地望着自己，扑哧笑了。这些人的出现，自然也让其时为人子的余耀伟觉得唐突，觉得有几分不知所措，不知如何应对。

他说："今天可不是鸿门宴，你们可别装聋作哑啊！"

听余仁麒如此风趣一说，大家不由得都笑了。倒是李泽仁直肠子，按捺不住，爽声道："老哥，有话就说，有屁快放，何苦把我们拉来白吃白喝没个由头。"

众人也一齐附和。

余仁麒笑了："把难兄难弟们拉来，你们不用提醒，就知道我的盘算了。"

"重操旧业？"陈裔煌心里像揣了个兔子。"是不是我们九九归一，还做老本行？"

"裔煌老兄算说对了。我这些天，一直在想着，琢磨着，看样子，大气候又变了。重操旧业是个时机，要不然，我们都得把自己的手艺带进棺材里去了啊！"

"好，有你余大哥领头，我们一齐干。"

石岗赛银厂的诞生，据后来人们传言，就源于这个所谓的"五老会"。石岗赛银厂就是在五老会的杯光壶影、觥筹交错、推杯换盏、酒酣耳热中聚议而后定，成为石岗近代史上的又一件盛事。

毋庸置疑，五老成了赛银厂的主心骨和脊梁。五个在土改后脱鞋下田或丢下手艺进厂当工人的老人洗足上岸，又开始做起金银的"勾当"来了。

　　这五老要说也真是憋不住了。眼看年近花甲，自己的手艺、技艺得不到伸张，得不到传扬，英雄无用武之地，他们不仅手苦、口苦，更有几分心苦啊！

　　从禁锢中走出来需要勇气，从闭塞中迈出来需要智慧和心力，农民天生的豁达、开朗以及不畏难险的激情，始终在赛银厂的"始作俑者"们身上奔腾。当磨难成为过去后，他们又把自己在洗礼中所受到的冲击置之脑后。人天生的健忘，将他们记忆中的痛苦抹去。过去的让它过去，几条硬汉硬是把石岗牵引上一条"招财进宝、脱贫致富、成就大势"的金光大道。

　　"文革"期间，石岗曾经沸腾过一阵子，省里的决策者突发奇想，将从南昌城的半个城迁来石岗。可是，这一切，仅仅是昙花一现，才几年工夫，人渐渐地走了，厂慢慢地撤了，企业相继回城了，石岗的街道开始显得落寞、空敞，就像一个被弃儿，在风雨中泣诉。到处是残垣败壁，到处是沙砾路。在一个个地块中，在一片片空荡荡的厂房内，只留下一两个老人，成为留守，每天徜徉于门房，端着一杯清茶，时不时哼上几句采茶戏解解闷，或吟唱几句石岗人男男女女传唱的山歌：

　　　　天上乌云赶白云，

　　　　地下狮子赶麒麟。

　　　　雪花女子来赶我，

　　　　我是单身赶凤神。

地广人稀的石岗镇从半天降下云彩，经历一番乌鸡变凤凰的短暂吼天曲后，又凤凰折翅，成了乌鸡。身份的转换真有些让石岗人消受不起。失落、叹息、忧虑，就感觉老天塌下了一块，补也补不齐。有个陈姓老人说得好："那种心理落差比死了亲娘还心疼。"

石岗在喘息，石岗在呻吟。不过，烦也好，伤心也罢，日子还得照常过，饭还得吃，衣还得穿，人还得在这石头岗上给这山这水划些痕迹，留些符号。

余仁麒、余浩然、李泽仁、陈裔煌、熊庆茂等人，也是知世故、有些见识之人。政策好起来，心眼儿也活了。俗话说：见财起意。虽然这话有几分贬的意思，但是，形容五位老人的脑子活泛、有灵感、有想头，一点也不为过。他们在谋划的过程中，就看准了这些闲置的厂房。让这些废弃的房子得到重新利用，既省了他们建厂房的劳累又能节约经费。租借厂房应该是一举两得的大好事。

余仁麒和余浩然在做关系方面应该有些经验，虽不说是行家里手，却也知些火候，识些门道，知道循门入室去问主寻对象。一番周旋得到镇政府的允诺后，他们将自己商定的所谓赛银厂，设在闲置的石岗玻璃厂厂房中。

赛银厂，这个响亮的名字，在其时仍有些微政治色彩的年代，算是个振聋发聩的名号。没有政治色彩，而且直抒胸臆，就是要创造出一流的产品，赛过银花朵朵。老人们的思维空间、想象空间得到了最为坦率的发散。长期压抑于内心的想法，一旦得到时代的响应，这种想法便会产生无穷尽的智慧和力量。

从自己的家中搬来门板，用砖垒脚，便成为办公桌、工作台。将自己家中的脚盆、脸盆端来，作为工具道具。谁也不计较谁出的东西多，谁也不计较自己的份额应该得多少。农民的单纯和豪爽在这种时刻表现得淋漓尽致。以厂为家、爱厂如家，这样通俗易懂的文字成了厂里的口号，赛银厂一无资金、二无设备、三无厂房、四无业务，刚刚开始起步时，赛银厂好似稚童学步一般，摸着走、探着走。赛银厂生产的产品还仅仅局限于小打小闹、敲敲打打，做些与名号不相称，乃至名号之外的业务。按照原料采购的便利程度，他们开始生产妇女戴在手上用于缝补衣服的顶针，这项业务得到南昌市百货公司的支持，销量还挺可观，这是赛银厂掘得的第一桶金。为了解决厂里的流动资金不足，五老又聚在一起商量，全厂十二位师傅，每人在自己的亲属中选择年轻的一名，男女不限，前来赛银厂当学徒。但进厂有个先决条件，每人须交一百元钱的股金，既可作为厂里的分红依据，又解决了厂里的流动资金。那个时代，农民能进厂当工人，是求之不得的大喜事，谁不希望自己的儿女成为一名工人？毋庸置疑，这个倡议得到热烈的响应，流动资金很快得到解决。

最有趣的是，这个厂生产出第一批顶针后，就在石岗和南昌搞了两次试戴活动。很多妇女都以能买到赛银厂的顶针为荣。

让众多的农村妇女和城市妇人选购自己的顶针，这也算是比较早的广告宣传活动，原始的手段和带有几分俗意的拓展市场创意，我们不能不看到赛银厂几位主政者的经营意识和新潮的做派。在商品经济并不发达的起步阶段，选择这样开明、开放的经营方式和经营模式，这也是赛银厂的一种另类"创造"。

后来，随着业务的拓展，他们的产品开发紧盯住农村市场，生产铝制的项圈、戒指、项链。虽然，这些产品质地由于国家统管金银，无法深度拓展，但是，其质量和花色却很受青睐，在物资相对贫乏的年代，得到妇孺的欢迎。在顶针等打入城乡市场的同时，他们还积极与南昌自行车厂联手，为他们生产自行车后座上的铭牌。随着产品在市场的受众度不断提高，赛银厂在民间收购了不少零碎银子如银元等。制作镀银奖牌，成为赛银厂的主打品牌，也为赛银厂带来可观的利润。1982年下半年，南昌市科委组织专家在石岗镇召开石岗赛银厂工艺品、新产品评议会。赛银厂一口气在会上拿出他们生产制作的十几款新产品，摆在会议桌上，琳琅满目，让专家们看得眼花缭乱。众位专家叹为观止，都为这样一个乡办小厂能生产如此精美、独到的产品而赞叹不已。这次评议会后，市科委给石岗赛银厂下拨了5000元新产品开发费。这笔钱，虽然没有说是奖金，却是对赛银厂的一种褒奖，也是赛银厂赢得社会信任的体现。

1982年底，随着我国改革开放局面的打开，中国人民银行总行黄金对外开放的大门也悄悄撬开。这一消息对赛银厂不啻是一声早到的春雷。金花、银花、铜花，赛银厂迎来了自己发展的黄金期。1983年的初春，石岗山上的杜鹃花开得特别红火，满山满岭的艳丽风光，应了一句古诗："满园春色关不住，一枝红杏出墙来。"赛银厂的春天也在这一刻与大自然相吻合。春节刚过，江西省人民银行与南昌工艺美术二厂组织专业人员来到石岗，对赛银厂的设备、厂房、人员、工艺品一一进行了详细的考察审验。这对赛银厂来说，就像一个初习者逢临大考一般，全厂上下，积极应对。厂子里似一盆开锅的水，职工们群情振奋。大家沉着应试，精心做事。厂长余浩然、副厂长余仁麒心中也十分清楚，这次考察审验将决定赛银厂今后的走势和发展、命运和前途。对这次考察审检，尽管厂内的产品质量过硬、师傅们的手艺过硬、做功过硬，他们还是用心应对。其实，这一点，两位厂长心中对赛银厂的应检能力也心中有数，凭这十几位老师傅、老艺人的技术，赛银厂的产品通过什么样的审核应该都不会有问题。果不然，专家们在赛银厂像过筛子一样过了个遍，竟当场拍板，正式委托赛银厂加工内外销金银首饰产品（以委托合同为准），决定批次和数量。

石岗人说，赛银厂的屁股冒烟了。这句话的意思是，石岗赛银厂就像是个爆竹，点燃引子冒烟，肯定会响起来了。这年的春天，全厂上下过了个好年，每个职工都从厂里分了几斤猪肉回家。春节刚过，厂里便开始酝酿扩厂招工了。老师傅传新师傅，凑在一起四十余人，让这四十余人又每个人带了个徒弟，加上六名管理人员、食堂师傅、打杂工合在一起赛银厂就是百余人的厂子了。石岗历史上，除了那些舶来企业，也就是"文革"期间南昌外迁来的企业在石岗昙花一现，还真没有出现过如此像模像样的厂子。

靠一千二百元的资本金，靠第一代师傅及徒工们的股金创业，赛银厂从一开始用灯芯草、煤油灯熔金，靠嘴巴吹、铁榔头敲出各种金银饰品，发展到使用真家伙，真刀真枪（打气泵、电焊枪），这个变化让赛银厂往前跨越了一大步，再后来，厂里还先后购进冲床四台，配备了拉丝机、扎丝机等整套设备。

这一时期，赛银厂的产品成了俏姑娘，五大件：金项链、金手链、金戒指、金耳环、金吊坠。大小品种四十余个。赛银厂成了国内金银市场的香馒头，产品琳琅满目，前来洽谈业务的商客盈门。北京首饰进出口公司听闻赛银厂金银首饰做得花色齐全，质地过硬，千里寻踪而至。香港著名商家周大福也跟风而来，紧随其后，非洲、新加坡、泰国、阿拉伯国家都成了赛银厂的主顾。

金银首饰是技术含量非常高的产品。在没有现代化设备的情况下，完全靠手工打制，难度非常大。由金块到项链，过程十分复杂，技术要求高，不少人都以此为畏途。银匠师傅的手艺高低，决定了金银器的制作水平。心灵手巧、睿智聪慧、天赋好的师傅成就高，这是无可厚非的。一个人，一生能够制作一件惊世骇俗、技艺超群的金银饰，那是件荣宗耀祖的事。对质量的要求，不仅是来自于师傅本身和厂部的要求，产品在出厂后的检验也是重要的一环。每个师傅做成的手工艺品出厂前都要刻上自己的名号，如果出现退货和次品，师傅们的工资就得大打折扣。1982 年底，南昌市科委有意识地在赛银厂召开了一次新产品、新工艺评议会，二十多个专家对厂里师傅做出的产品评头品足。有几个老师傅至今提及此事，都说，那场评议会，真可谓是脸发烧、心打抖、腿发软。每当专家摸到自己的产品开始发表议论时，师傅的心都提到喉头了。指正缺陷，看出破绽，提出修正意见，切中要害。这种刺刀见红的评议，不仅对师傅的技艺提高有好处，对赛银厂产品整体更新换代也功德无量。平日，厂里的师傅们也形成了一种好的风气，相互切磋，相互指出产品的不足之处。像金银首饰中的万字链这样精细的产品，每条链子，并不仅仅局限于一个人之手，更多的是几个师傅共同努力的结晶，有的甚至是集体智慧的体现。赛银厂就是在这样的环境中一步步走向成熟，技术提高水平、产品提高档次，成为市场上的佼佼者。

赛银厂有个好规矩，每接一笔业务后，都召开一次常务会。赛银厂制作第一条万字链，是北京首饰进出口公司与香港周大福金店合作的项目。常务会一开始，大家就像一锅沸水般议论开了，师傅们群情激昂，摩拳擦掌，跃跃欲试。厂部却在这一火候上，采取了一系列慢动作，用行话说，慢工出细活。大家在商讨时，都认为应该把这种项链做出赛银厂的特色，既不急于求成又要注重花色，争取一炮打响。为此，厂部成立试制小组，对每一道工序、每一个环节都做了前期的策划和安排。

由金块打制成项链，过程繁复，首先得化料，化料也有讲究，整块料化斩时，不能完全斩断，要藕断丝连，随后便将金块送进炉中融熔，化解成一根长条，这根金条，须确保拉出如妇女做针线活的缝纫针一般精细；接着便用丝板拉丝，拉出的丝讲究精细均匀；将金丝在特制的铁筒上卷丝，按照所需长短剪断；再焊接成一个个小环；随后嵌花、缀花；最后一道工序最为关键，就是给金链接上挂钩，挂钩要求焊接无缝无痕，光滑锃亮，对扣不得脱落，而且要扣得紧，扣得不露形迹。

赛银厂第一根万字链，是由余仁麒亲自上手、亲自主持，夏昌成、余壮华负责第一道工序；李泽仁带两位徒弟谌桂国、李春香负责第二道工序；第三道工序由邓必爱负责；夏嗣辉负责第四道工序，陈裔煌负责第五道工序；最后一道工序，厂部出奇招，让年轻的徒工谌桂国、李春香上手。这件万字链既关系赛银厂的声誉，也关系着赛银厂的业务，更决定了赛银厂的未来。制作时，几乎牵动了全厂上下的心，人人关注，人人参与，从后勤服务到工序进程，都把这件事当成自家的事来办。这件万字链试制完成后，由南昌工艺美术二厂以样品形式送到北京，交北京首饰进出口公司和香港周大福银号验审。让赛银厂上下扬眉吐气的是，这条链子送到北京，当即便获得认可。

喜讯传回石岗，赛银厂放了好长一挂鞭炮。大家奔走相告，群情激昂，很快，厂里面便开始大批量生产这种链子。这之后，赛银厂好事连连，更为激动人心的消息再度传来，也正是由于这批链子的质地好、成色真、花色新、式样奇，中国人民银行总行和国家轻工部将金银首饰进出口业务生产定点南昌工艺美术二厂及石岗赛银厂。随之而来，赛银厂加工生产的金银器品种也越来越多：戒指、耳环、项链、天宫锁、手镯、颈圈、围裙链、吊坠、长命百岁锁、金银菩萨、长命百岁菩萨、胸花、银碗、银筷、酒壶、奖杯……同时，还有工艺更为复杂的镶嵌类手工艺产品、摆件，林林总总达五十余个品种。

自此，每年的广交会上，都会出现赛银厂人的身影，出现石岗赛银厂的产品展销专柜。石岗赛银厂成了南昌为数不多的出口创汇企业，成为江西工艺美术行业声名在外、独树一帜的乡镇企业。

原赛银厂的第二任厂长余耀伟说过一句很值得回味的话，做金银器就是做声誉，做工艺品就是做质量。石岗赛银厂除了有一批技艺精湛的业务骨干外，产品质量也是重要的一面。厂里有个硬性的规定，每件金饰品出厂重量必须保证到足额分量的小数点后两位。每件金饰品在技术流程的每一道工序，原料金子必须确保等量进、等量出，损耗确保最小值，余料交回。损耗少，给奖；损耗大，重罚。奖励部分，当月兑现。

赛银厂采取计件工资制，产品价格不同，计算标准也不同。银子剪拍每英寸一分钱；动锉每英寸一分钱；焊接每英寸八分钱；做钩子六分钱。金子剪拍每英寸一分九厘二；焊接一分零八厘；做金钩子一分二厘。以一只松花戒为例：盘丝九分九厘；盘花一角三分五厘；戒指脚一角六分二厘；吹珠每粒八分一厘；焊接二角五分二厘；最后一道工序锉平二角六分一厘。

厂里的工资、账目公开透明，工资标准也很公道。体现论功行赏、多劳多得的原则，一线师傅按劳付酬工资月月有变，但都居高不下。师傅们每月都在80元到100元间浮动；普工、一线徒工每月30元到40元；二级徒工每月20元左右。

管理人员的工资，厂长余浩然的工资取一线众位师傅工资的平均数，大约每月55元，守门人也不薄待，每月工资24元，炊事员更是重看，每月工资比厂长工资还高，固定66元；仓库保管员固定31元；门市营业员夏炳林固定45元；出纳汪秋莲27元，会计45元，会计、出纳、保管平时还要参加一线生产；楼上仓库保管员以厂长余浩然的工资折扣75%计算。

赛银厂从极其困难的初创时期一路走来，渐渐走上了一条良性发展的坦途，业务范围不断拓展，业务手段不断创新，扩容增效，以星火燎原之势，业务领域、业务范围不断开拓。先后在石岗街上开设了南昌石岗金店，在南昌市永叔路（利用南昌五金厂门面）开设了南昌市石岗赛银厂南昌加工服务部。赛银厂成为石岗镇纳税大户，1985—1995年十年间上缴税利一百多万元。石岗镇人民政府每年也从赛银厂得到管理费一万多元。一个国家未投入半分钱的乡间小厂，靠师傅带徒弟，以每个徒弟投资 100 元作为集资款，用这笔钱开业办厂，运转运行，到1995 年拥有固定资产厂房一幢，各种冲床四台，拉丝机、扎丝机各一套。从原始用灯芯草油灯焊接，靠嘴巴吹筒熔化金银，发展到全部职工用焊枪，打气泵熔金化银，一步步走过来，一点一滴积累。凭借工人灵巧的双手，靠手中那把打出花色的铁榔头，敲金花，吹银花，吹出了一片新天地。

说到这一点，赛银厂的第二任厂长余耀伟感慨颇深，他回忆说："刚办厂之际，去省人民银行购回黄金，中途运输的变化就很有意思。开始运黄金时，我总要穿件大衣，大衣里面缝个大口袋，将黄金藏进口袋后，上公共汽车蜷缩到最后一排，最后一个，将胸口捂得紧紧的，生怕有任何闪失，造成损失。有时金子多，还装成病快快的样子，愁眉苦脸，生怕别人看出破绽，惹火烧身。心下只一个念头，金银不受损失，便谢天谢地。这种日子实在难熬，每次押解金银，心中都是沉甸甸的，如临大敌一般。后来，石岗公安分局内保科得知这一情况后，来到石岗，专门就运输黄金的安全进行探讨，经过与镇政府和赛银厂协商，让南昌市公安局石岗分局警车押运，经过这样的调整后，运金子也就不愁了。再后来，厂里面有了钱，经济效益也不错，就购买了一辆吉普车，运送来去原料及成品货物的安全得到了更好的保障。"

在余耀伟厂长家里，至今还保留了不少全国各地订制金银饰品的订单，有绍兴的、杭州的、桂林的、九江市的、北京的……

赛银厂的兴旺发达，也给余耀伟带来了荣誉，南昌市人民政府于 1992 年授予他南昌市乡镇企业家称号，他还出席过全省、全国工艺美术工作研讨会，赛银厂成了江西人心目中的香饽饽。

一种乌托邦式、具有先声夺人效应的作坊式工厂，却让很多这个厂的老职工津津乐道。他们自嘲为梁山寨的一百零八将，大碗大碗喝酒，大块大块吃肉，有福同享，有祸同当，江湖义气当先。每个月下来，应时应点，都有收购垃圾废品的人上门，厂里就用卖废品的钱给全厂一百多号人打牙祭。地地道道石岗乡村口味的红烧肉，地地道道石岗产春酒，这种糯米春酒又叫老酒，皆为石岗每个家庭自酿自制，其酒香醇扑鼻，甜润爽口，风味独特。大家围着四方桌，吃着、笑着。有一回还引出一段佳话：有一年，厂里招收进来一批学徒工，几个月下来，在师傅的点拨下，大家技艺很有长进。中秋节，厂里照例打牙祭，师徒、厂长、职工济济一堂，人们将师傅安排在上首坐定，只听人群中一位徒弟举酒嚷道："我们得师傅指教，才有今天，一日为师，终身为父，让我们共同举杯，敬师傅长寿幸福，敬赛银厂永远昌盛。"听这位徒弟如此提议，众徒弟一阵欢呼，一齐举杯，共同喝彩，随后，齐刷刷黑压压一片，跪在几位功勋卓著、建厂有功的厂领导和技艺精湛的师傅面前。这一举动，让厂领导和众位师傅始料未及，在场的好几位师傅都不由得老泪纵横。师徒情将赛银厂维系在一起，赛银厂也就因了这种情缘而兴旺发达。

赛银厂的金花银花，用它的纯洁，用它的精致，用它的老道，用它的华美，赢得了口碑和信任，在手工技艺领域先行一步，占领全国市场，做足了属于金银加工领域的文章，使这种手工艺技术得到发扬光大，也成为石岗历史上光荣的一页，成为这个乡村小镇又一人文盛事。然而，赛银厂的师徒们在办厂的最初几年中，由于仍然是依照古老的传统生产技术进行精雕细刻，工效十分低。

在改革的大潮推动下，赛银厂青年工人余耀伟大胆进行改革。1985年1月，厂里竞选厂长，余耀伟首先站出来承包。

为了扩大业务门路，他闯南走北，奔东赴西，跑遍了浙江省的江山和开化、建德、黄岩、浦江等二十多个地方联系订货；接着，又踏上了湖北、湖南、广东、福建、北京、青岛、珠海等十多个省、市洽谈业务。他还深深懂得科学技术是打开银苑之门的一把金钥匙。他一面吸收老师傅的长处，一面学习外地先进经验，同师傅们一道研究技术。把过去用手工制作戒指脚花边，改成用机器模型制作，从而提高工效6倍多。他还与师傅们一道攻克绳链、蛇链等技术难关；又先后为厂里购买了大小冲床7台、钻床1台、砂轮机2台、天平2台、拉丝机1台，使厂里机械化程度越来越高，大大提高了工效。

在十多年时间内，赛银厂的年产值成十倍、百倍地增长，由1980年的6700元，上升到1984年的30万元，再增加到1987年的67万元，1991年竟达到100多万元。工人由建厂初时的 6 人发展到 60 人。十多年来，为国家换取外汇 25 万元。赛银厂生产的文明链、绳链、螺丝链、鸡心链、双排链、宝石戒、素身戒、松花戒、耳环、手镯等 60 多个品种，250 多个款式的金银首饰产品，畅销上海、北京、广东、福建、湖南、湖北、浙江等地；远销泰国、新加坡、香港、日本、澳大利亚、意大利、法国、美国，赢得了用户的好评。

赛银厂消逝了，市场经济的兴起，民营企业、个体经营的兴起，使它成为一种特殊的经营现象。1995 年，这个厂离开人们的视野，成为石岗的过去。当我开始撰写这些文字时，不少赛银厂的老师傅已经作古，但是，这些师傅们所遗留下来的精湛的艺术品，至今仍熠熠闪光。不少人捧出他们珍藏的金银器手工艺品，让我们欣赏、品评，不少珍品都已经成为人们的传家宝。这些民间珍宝不仅仅反映的是石岗一代代手工艺师傅们高超的技术水平，更重要的是，它们代表了石岗地区金银匠们的技风技德，也是石岗人引以为荣、值得骄傲的一笔。

历史上的石岗，不可谓不荒芜，不可谓不贫瘠，但赛银厂留给人们的精神财富、人文价值却是那样厚重，那样的独到，那样弥足珍贵。

赛银厂虽然远去了，不少老一辈艺人也已经作古，但是，在他们身后，崛起的一批批、一代代传人，却把这一门技艺当作事业，如繁星点缀祖国大地。

二十九、大华金号的新生

手工制作金银器，它所依赖的就是工艺品的精致、独到、美妙。大华金号自长沙而南昌，自南昌而新建，生意场上，银号业界，所到之处，都有可圈可点之处。成长了自己的愿望，也成就了自己的品牌。

大华金号发端于 1909 年，创始者为吕文玉和熊庆茂的姑父肖实安等四个老板，吕文玉在长沙大火后，放弃了股权，由肖实安独自经营，熊庆茂 12 岁与弟弟熊庆安一道，投奔姑父，在大华金号当学徒，他的师傅吕同华是吕文玉的侄子。熊庆茂的姑母不仅长得如花似玉，而且内贤外惠，她是个宽厚而且讲情讲义的女人，为了熊家能够有个出人头地的日子，姑母忍辱负重，毫不计较自己的得失。丈夫肖实安在娶下熊庆茂的姑母几年后，又纳妾娶个二婆子，即后来人称夏家姑娘的夏家女。熊庆茂在姑姑的指教下毫不理会亲情、世情的变化，一心扑在学技术上。平日，别人用一分功力，他用两分功力，以丑媳妇熬成婆的韧劲，硬是成为行家里手，后来成为包作师傅。也就是说，熊庆茂完全掌握了金银打制手工艺的全部技术，而且很有造诣。包作师傅并不很多，一个店中也就一两位。接受这个称号，便相当于木匠中的掌墨师傅，拿总包行样样都一流。熊庆茂所有的经历都给予了他一份好名声。解放初回到老家后，他的手艺仍然烂熟于心，只盼望这份手艺能够在自己手上发扬光大。改革开放后，熊庆茂的心头又升起一缕阳光，他来到石岗赛银厂，收徒学艺。赛银厂解散后，他不顾自己年事已高，带着自己的孙子熊卿林，遍游赣湘，开始了大华金店的收获之旅。

在当今商品意识浓厚的社会氛围面前，石岗人本着不进则退的经营思路，不断拓展自己的生存空间，金银器经营又走出了一条全新的路径。老银匠熊庆茂的孙子熊卿林就是这些佼佼者中的一员。

在熊卿林身上，有着石岗人特有的血性，他本性忠厚实在，正是他孜孜以求的敬业精神和宽厚为人的根本，使他赢得了市场的青睐，得到了世人的认可，经营成果也丰厚可观。熊卿林长得牛高马大，有一副特殊宽厚的脊梁，敢于担当是他的天性，待人实在是他成功的奥秘。改革开放后，熊卿林的爷爷在余仁麒和余浩然的感召下，进入石岗赛银厂当柜上师傅。这个厂由于几位师傅自我发起，白手起家，办起了一个属于自己的小厂。这个小厂，没有国家投资，没有得到政府层面的扶持，其实就是个民营企业，不过，在那个时代，那种环境，只能冠以小集体的名义，对外招揽业务。到了火候，厂子有了些热气，利润较为可观。几位发起人一商量，就开始扩大厂子的规模，想做更大的"山大王"了。每位师傅可以从自己的直系亲属中挑选一名青年男女进厂当学徒。在那种年月，能够从田中爬上岸，进厂当工人，对一般的农家子弟来说，简直有点匪夷所思。有的人真以为是鸿运来临，要吃工资饭了。

让熊卿林抓狂的是，临到他的爷爷挑选后辈进厂，却给他当头一棒。爷爷挑选的不是他这个长子长孙，而是爷爷的外甥罗贤荣。这个结果出乎熊卿林父亲几兄弟及孙辈的意料。

那些日子，对熊卿林来说，真不知是怎样走过来的。爷爷的考虑按照大人们后来的说法，也有他的合理性。熊卿林的姑姑家，生活十分清苦，全家人都伙在田中，田又不多，这个家难有活力。再者，熊卿林的姑姑早逝，几个外甥一无手艺遮身，二无生钱之道，家境贫寒。话是这样说，理也是这个理，熊卿林开始就是想不通，只认为是爷爷的偏见和偏心，后来，渐渐地，随着日子的匆匆打发，他也就没把这当回事。只不过，他多了个心眼，三天两头地往石岗街跑，虽然没有进厂，虽然不是学徒，但坐在爷爷的身旁看一看的权利还是有吧？他就做了个有心人，注意着爷爷的吹金吹银手艺，没有铜管子，他在回家的路上，从路边的竹林折根空竹管学着吹，换气、吸气、送气。没想到，他还真有两下子，这换气的口上功夫比在厂里学徒的徒工们还好。到有一天，在爷爷的工作台上，他胸有成竹地要求爷爷让他试试吹气时，爷爷都愣住了。他望着自己孙子这个青皮后生，不知说什么好，心下好一阵热乎，当即起身，让孙子上手试试。真没有想到，这不试尤可，一试让车间的人都大吃一惊。熊卿林无师自通，竟把一根吹管吹得红红火火，熔化了的金子把爷爷的双眼都晌花了，众人齐刷刷竖起大拇指夸赞熊庆茂有个有心的好孙子。竟能够在一旁把手艺看熟了，做真了。厂子里的几位师傅都对熊卿林刮目相看。当时，也有人建议余浩然他们几位厂长，干脆把熊卿林招进厂，可认真的余浩然却是冷血动物一般，就是摇头。厂里有厂里的规矩，每位师傅带一位亲属学徒，没有规矩，不成方圆，这个规矩不能变。一变，百十号人，都效法效样，岂不是要乱套？熊庆茂也是个守规矩之人，他也不同意让厂里这样做，不能因为自己的孙子而坏了厂里的制度。熊卿林没进厂，他也没灰心，有事没事仍然一如既往隔三差五往厂里跑，硬是将这门手艺的流水作业程序烂熟于胸。厂里的师傅们见熊卿林如此肯学，都把他当成"编外"徒弟露一手，有些至关紧要的技术，看在熊庆茂的份上，都毫无保留地、手把手地教他。再说，厂里有这样一位不要工资的编外学徒帮着干，厂长们也就睁只眼、闭只眼，由着他在厂里游走。

再后来，改革开放让民营金银业得到新生，赛银厂在经历风雨后，开始退出经营。厂里的职工都活了心眼，为身后计，离开工厂寻找活路，纷纷离开石岗，跨出厂门向四周的大中城市发散。

1987 年 5 月，熊庆茂带着长孙熊卿林，来到他早年曾经参与过经营的长沙，落脚谋生，揽下一个金银店李姓老板的全部金银加工活。工价低，利润薄，几个月下来，没有积攒到几个钱。熊卿林等几个人干脆放弃了这份合同，一行人回到南昌，在绳金塔下摆摊，自立炉灶，开火吹银。

由于生意兴旺，熊卿林开始出道收徒了。不过，这徒弟虽然是熊卿林带，但还是挂在爷爷熊庆茂的名下。在这个摊点上，第一批收下的徒弟就有熊金国、余月根、金华、熊学贵；随后又收了杨纪华、杨仔华。这样，一行人安守本分地在绳金塔边一干就是两年。经过多方考察后，熊庆茂和孙子合计，再度挥师，率领众人马掉头向西，转战长沙。

茫茫人海，街灯闪烁，时过境迁的往日街景已经让熊庆茂和熊卿林难以提起记忆。既没有熟悉的面孔，又找不到适合经营的店铺，一时间，面对如此陌生的境地，这爷孙俩不知所措。

运气和机缘有时也许在试人的耐力，就在熊庆茂和熊卿林生活无助，游走于街头之际，天无绝人之路，正好这时，有一金店老板因金镶玉手艺做不好而发愁，熊庆茂爷孙俩得知后当即不要工钱，揽下此活。熊庆茂正是镶嵌老手，这点小活计只能说是小试牛刀，算不了什么。老板被熊庆茂和熊卿林的手艺折服，也被爷孙俩的真诚所打动，当即帮忙为熊庆茂找了个店面，既可以自己承接业务，又可以承接长沙市的其他金店镶宝石的来料加工，一举两得。熊庆茂和孙子熊卿林在长沙市金银行当声名鹊起，名声大噪，其他金店的镶嵌业务几乎源源不断拥进大华金店。这种局面，连熊卿林自己也始料未及。一时间，熊卿林在长沙用自己过人的手艺赚了个盆满钵满。熊卿林的技艺也在此期间有了很大长进，吹金、镶嵌、烙丝、溜金、拉丝，样样都行，成了行家里手。

熊卿林谈起那个年月的生活，总是带着几分留恋，感慨万千。他认为，他的技艺，得益于爷爷的精心指教，得益于其时市场份额的不断扩张。他抱定一个宗旨，生意再好，也不能凑数、随便应付、不顾质量，只要是出柜的货，都必须经他认真检查，没有瑕疵，方才与顾客做成买卖。大华金店之所以成为一个久盛不衰的品牌，就是他严格管理、严格要求的结果。

在长沙打拼经营几年后，熊卿林又抱着闯荡江湖的想法，先后去湖北武汉、湖南津市、礼县、怀化、洪江、株洲等地考察经营。1993年，熊卿林由于子女上学等因素，告别了流徙式的经营方式，回到故乡，在新建县城最为热闹的集贸市场租赁了一间店面，将大华金店的招牌挂了出去。

几年后社会进入新的历史时期，手工制作金银逐渐被机械加工所替代。市场开始由现做现卖改为进货出货，手工艺渐渐退出市场。

熊卿林在谙熟加工手艺的同时，又在拓展自己的经营新天地。大华金店的招牌在新建县城成为一个路人皆知的品牌。财富给予他太多的想象空间，而金银器的经营也为他收获了另类春光。大华金店，在新的时代，被熊卿林擦拭得锃亮。

三十、华民金银店的华丽腾身

石岗镇的老街和新街吻合得没有痕迹，虽不说是天衣无缝，却让人分辨不出哪是老建筑哪是新建筑。老街与新街只停留在人们的语言叙述中。很自然，街道上的店铺也就无所谓新，无所谓旧了。时代变迁的春风秋雨，洗刷了历史的沉铅，让岁月涂抹上一层又一层的油彩。天不变，地不变，只有人在老，岁月在更迭。

在石岗街上，真要寻出有些年份的店铺还真难。抗日战争期间，日本鬼子在这一带扎下重兵，烧杀掳掠，几乎把石岗一带化为灰烬。隔锦江对峙，国民党在这里展开的石岗战役成为上高会战的前奏曲，打得十分艰难，十分惨烈。镇上发现的万人坑至今还掩埋着一个营的国民党士兵的遗体。石岗在如此的痛苦中站立起来了。家园损失殆尽，可命还得活，收拾残瓯一片，重整山河待后生。石岗的元气大伤，历史的阵痛没有击碎石岗人新生的欲望，舔干血迹，再度上路。幸得遇上解放，石岗人在安享太平中平静地生活着。

日子就这样打发着过，小镇不大却麻雀虽小五脏俱全，给村民提供各种需求的小店应运而生，日用百货、土杂、生产用具、农业机械、化肥农药，当然也有行使市场管理职能的工商、税务部门，还有管生小孩的计生办，林林总总，把小镇填充得五颜六色。在众多行当中，小镇上的金银加工店算是一个头寸和利润颇丰的行当。小镇上金银经营者更多会选择去外地发展，也有为数不多的几个，蜗居在小镇上成为"留守处"。虽然这里农民的日子过得并不那样富足，但日常穿戴也有老传统，多有几分讲究，尤其婚姻嫁娶，金戒指、金项链都是不可或缺的礼物。

虽说小镇上市口不很大，人口也不很多，但这个小镇上竟有三个金银加工店。

在小镇老街与新街的交会处，也就是交叉路口，余华民就在汽车站斜对面开了一个名叫华民金银加工店的小铺子。小店在余华民的精心打理下，生意做得有模有样。余华民人长得不很高，敦实厚道，待人真诚，生得好一副生意相。进店便是客，有人就有利，生意不问大小，顾客不分老幼。余华民抱着自己坚定的信念和信条，毫不犹豫地朝着自己的既定目标迈进。既不贪大求全，也不赶时髦。只守着传统，只守着前代师傅教给的技艺，默默无闻地迎来送往。

余华民的祖上，也是金银手艺场上摸爬滚打的行家里手，他的曾祖父余秀清，早年是个"银匠客人"，长年累月扛个银匠挑子，走村串户，沿途吆喝，现做现卖，做些零零碎碎的金银生意。后来自己手上的技艺有了些长进，在当地也有了名色，艺真有人请，余秀清应邀前往湖南省长沙市坡子街的余大华金号，成为这家银号的柜中师傅。余秀清这个人不卖大，不讲身份，不计报酬多寡，很得店主的欣赏。老板为了奖赏他，开恩让余秀清将远在石岗的儿子余禄中接到长沙，跟着父亲余秀清，在余大华金号当学徒。

余禄中在余大华金号，虽说有父亲为他开路，但那年月有条老规矩：桥归桥，路归路。谁也不得逾越。余禄中在店中，每天都感觉有条紧箍咒套在头上，老板威严的目光，如电似火，让人不敢正视；每每咳嗽一声，都让余禄中心生惧怕。他每天早起晚睡，打扫庭除不说，除去学徒，还得给老板带孩子。自己孩子还没做满，却要哄细伢子，牵着细伢子走，扶着细伢子行。这孩子天生不是个安分的角色，人还没长成器，却学会了江湖习气，吸鸦片、跑马、结交女孩子。余禄中给细伢子牵马，有时还不讨好。老板的皮鞭子抽得余禄中的屁股发烧。余禄中的父亲看在眼里，疼在心里，每每上前求情，可就连余秀清也陪着挨老板的耳光。学徒是人生痛苦的开始，这话一点没错，刚从娘的怀抱中走出来，便消受着一种另类的生活，这对少年懵懂的孩子来说，真有种恍如隔世的感觉。余禄中怎么也没有想到，他来到的这个世界是这样冷漠，这样冷酷，这样无情。每天日出盼日落，见了月亮数星星，数完星星想老娘。余禄中常常泪湿沾襟，不过他从不在父亲面前表白自己的痛苦。倔强的性格磨砺了他的意志，在徒工中，他是个佼佼者，经过几年努力后，他成为金号中第一个出师的学徒。

余禄中常常对儿女慨叹他的学徒生活，也无不自豪地讲述他出师那天的情形。余秀清每每看到自己的儿子在案头敲打金银时，总会流露出一丝丝他人难以察觉的满意的微笑。他觉得儿子灵动，有头脑，经得起摔打，也很用心。他认定自己的儿子一定会在金银手工艺这个行当中成为一个有用之材，能成大器。于是，儿子出师时，余秀清大方地从自己并不丰厚的积蓄中，拿出几块现大洋，叫了一桌子菜肴。这个出师仪式可够风光的了。余大华金号的老板来了，老板娘也来了，金号中几位顶尖技艺的老师傅也来了。余禄中向老板，向各位他心中敬仰的老师傅分别叩拜。老板也从长袍的口袋中掏出个红纸包包，里面是两块现大洋，算是余禄中出师的奖赏，这让众人称羡不已。后来，人们都说，余大华金号往后的日子一定得仰仗余禄中这个年轻的小师傅了。余禄中的技艺如此了得，当然也少不了严父余秀清的教诲，父亲的言教身传是余禄中前行的内在动力。这天，父亲余秀清陪着老板和众师傅海喝，喝得酩酊大醉，由余禄中搀扶着回屋。第二天一天早，余秀清就急匆匆赶到驿站，将儿子出师的消息带回家中，他要让家人早一刻分享这份收获的喜悦。

再后来，余禄中也开始收徒，成为小师傅了，余禄中在长沙度过的岁月，先苦后甜，日子过得还算顺遂。随后，父亲余秀清便为他物色了一个本地的女孩子，结为伉俪。有了儿子后，余禄中更是欣喜若狂，儿子刚出生便给他取了有志向的好名——余锦秀，这算对儿子的期待吧。和自己一样，余禄中也把儿子送进了余大华银号。余锦秀凭他的忠诚和坦然，得到老板的看重，不仅学手艺，而且当起了店内进出货的跑水。一家人在长沙过得安稳扎实，满指望日子能有个奔头，谁知1938年11月12日夜，为了抵抗日军侵略，蒋介石秘密电令张治中、长沙警备司令酆悌、警备第二团团长徐昆、长沙警察局局长文蔚，下令焚烧长沙市区，实行焦土抗战，纵火烧城。大火从12日烧到14日方才熄灭。

整个长沙基本被焚毁，烧毁房屋 5 万余间，烧死居民 2 万余人，财产损失无数。余禄中一家所在的余大华银号也难幸免。日本鬼子占领长沙后，余禄中一家只好卷了细软回江西老家。

余华民的父亲余锦秀、大伯余锦盛、大叔余锦辉、二叔余锦福都随着余华民的祖父回到老家石岗。

余禄中背着他熟记的诗句："少小离家老大回，乡音无改鬓毛衰。儿童相见不相识，笑问客从何处来。"他站在石岗之上的天子庙间，掬一抔黄土，老泪纵横。他慨叹：我这把老骨头总算没丢在外面打鼓，回来了啊。

最让余家难以释怀的是，解放初，余禄中将自家的金银细软悉数捐给了政府。现在想起来，似乎有几分可惜，可其时倒算得上是聪明之举。坏事变好事，余家因之没有被评上地主，以中农自处，得到了个较为宽松的生活环境。

日子虚虚晃晃，瞬间便忽闪到了上个世纪 80 年代初，余家的后代眼前似乎又闪现出打银制银所发散的火光。这光亮激灵了余家人的灵动和热情。重操旧业的信心在父辈那儿得到肯定。余华民成了第一批进石岗赛银厂当学徒的年轻人。赛银厂解体后，余家的后代又从父辈手中接过接力棒，背上行囊，离开故土，好男儿志在四方，在适者生存的际遇中，寻找自己人生出彩的下一个站点。余华民大伯余锦盛的长孙余海强，只身来到安徽芜湖，于华联超市经营一家 100 多平方米的金银店。

余华民大叔余锦辉的小儿子继承父业，在安徽淮南经营一家金银加工店。余华民的大哥余新民在南昌工人新村开了家新民金店。

余华民的二哥余亚民至今仍在长沙市刘定桥，他的店名仍然是余太华金店。

余华民的弟弟余介民在南昌抚生路开了家介民金银加工店。

余华民1986年在长沙市东牌楼的一家金店当伙计，1994年回到家乡，在石岗街开了家华民金银店。

薪火的传承让余华民握住了接力棒，他在石岗街燃起的金银之火，给石岗带来一抹致富的亮光。人们用目光注视着这位敦实的汉子，他执著的追求衍化为一种动力，为石岗的明天添上了粗重的一笔。

三十一、小岭金鸡迎春晓

春天的第一声惊蛰雷响过后，江南第一场春雨便把大地浇泼得湿漉漉，柳芽桃枝也被雨水浇泼醒了，开始露出芽尖尖。三月天，孩儿脸，说变就变。头晚一场透雨，第二天一早老天放晴，太阳从东边升起的时候，小岭村口那棵老樟树下的青姣牯牛，抖了抖身骨，甩了甩尾巴，它也像读懂了季节的变化，朝着村口那岚岚升起的初阳，发出长长一声哞叫。老人们送走村子中回老家过年的年轻金银工匠、金银经营者后，还沉浸在节日的回味中。从腊月玩过正月，牌桌上的气氛还是那样浓烈，家庙中的锣鼓还在敲个不停，金银世家不知倦意的玩法让他们忘却了时日，忘却了季节的复苏。

老牛的哞声把小岭村唤醒了。

懒散的人们似乎从沉梦中醒悟过来，打了个长长的哈欠，直起身，敲敲背，揉揉有几分浮肿的眼睛，抖擞精神，卷起袖子，脱下皮鞋，抬眼望望天色，心眼多少活泛起来。

一轮新的忙碌就此拉开了帷幕，人们赤着脚从屋子里迈出来。牵上家中的牯牛，扛上犁耙，下田了。

小岭是石岗最南端的一个村，这个村在旧社会有个很有趣的说法：一村踏三县，一村听三个县的鸡鸣。一个始祖一个宗族分割为三县臣民，这就是小岭村存在的特殊意义。高安、丰城、新建都对这个村有管辖权。解放后，区域分割调整后，这个村依然是靠一条小巷作为丰城和新建两地的分界线。人住三县亲情在，祖宗遗训传后代。这里的人看重亲情成为一种美德。邻里和睦，村与村相安无事。两个小岭村互帮互助，真可谓是"鸡犬之声相闻，老死常相往来"。小岭成了诗意和人文特色的象征。

小岭的农耕文化传统，成就着男耕女织的写意，上山采茶，下田割稻，田地的收入给小岭人的繁衍增添了动力，也增添了活力。

相传还是宋代，有一位浙江会稽籍夏姓官员，在贵州地方做官，告老还乡，路过石岗，见小岭地方林丰水茂，便下马歇脚，亲自沿着小岭的田地和山林巡察一番，看到这个地方风水尚佳，环境优美，便放弃了回乡的念头，带着儿女一家，留在小岭，落脚谋生。这位夏姓官员毋庸置疑，就是今日两个小岭村的老祖宗了。

老祖宗把他留给后代的话，说得很明白，也很土气：守土为业，耕稼营生。可是，小岭村人走到今天，老祖宗的遗训似乎已丢过了后脑勺，丢进了锦江泽国。按照老祖宗遗训的说法，这些小岭村的后代是些不务正业、只会做三教九流下脚事的不肖子孙。可是，事实胜于雄辩，小岭村今日出现的"金银头脑"硬是把小岭村的历史改写了一番。农耕文化的传承，让他们在每年的正月十三日，将远方的游子和村人团聚在一起，大家摆酒接风，煮肉洗尘，五百多位在外经营金银加工的师傅们买来礼花鞭炮，把小岭村装扮成万紫千红的不夜天，火树银花伴着三百多节板凳龙起舞。小岭村的村道上，欢呼的孩子们疯狂喧嚣，那威势凶猛的板凳龙，在村道上一展雄风，似浪涛奔腾，横冲直撞，旁落无人，大有九龙搅水的势头。平时守惯了寂寞，受够了思儿念子之苦的老顽童们，似乎也找到了儿时的感觉。这时他们尽着"留守兵团"主人的情谊，热厚地接待着自己在外攒足了财富的儿孙。这些老顽童把开心写在脸上，把舒心写进心头，接过儿孙们塞过来的一沓沓红包，孝贤之情让他们感觉恍若隔世、快乐无比，不知今夕何夕。小岭村荡漾在欢乐的长河中。

虽然古训已经淡忘，但村子里对祖先的记忆却有增无减。

老人们领着出门在外的游子，祭祖坟、拜祖宗牌位、三跪九叩，礼仪一样不少。虔诚的跪拜，牵引着对未来生活更大改变的渴望，飞出小岭的夜空，遨游于祖国的大江南北。

五百多位小岭儿女，从这样一个才不足四千人口的乡间小村走出去，大家不约而同地选择了金银经营这个行当，而且赚了个盆满钵满，远近扬名。这些后辈的努力和拓展精神造就其开山祖也未曾想到小岭村今日的发达。离开祖居地，走南闯北，也是新一代人无可奈何的选择。小岭村已经不是开山祖在此落脚谋生的几口之家，靠这么一小片土地，足以将日子打发得红红火火，耕稼有余。现在人多了，田少了，几千人抢一个饭碗，吃食不够啊！改革开放后，包产到户，每人五分田地，微薄的收入够吃不够用，真是英雄无用武之地。用句俗语说是：有手无处做啊！小岭的茶油香醇可口，是佐餐的极佳作料，可这种油茶太珍贵了、太稀少了，村里人摘下的油茶果榨了油，舍不得吃，送到街市上去卖。这也是命运的无可奈何之举啊！要活命，只能用这点收入来弥补田地上收入的不足。可是，这也仅仅是可怜见的一点贴补，众人不挪窝，抱成一团，不是料啊！

三十六计，走为上计。老一辈在农耕时期传下来的手艺，丰富了年轻一代的想象，也平添了年轻一代用以进财的好手段。赛银厂培养起来的一批后起之秀，犹如雨后春笋一般在小岭的土地上破土而出，茁壮成长。

两湖两广，是他们小试牛刀的好基地；大西南大西北是他们技艺长进的练兵场；山西、山东是他们致富起家的栖身地；北京、上海是他们收获第一桶金的好舞台。祖国大江南北，长城内外，东北三省，全国的众多大小城市几乎都闪现出小岭人的身影。

在这些年轻辈的金银经营者行列中，夏木龙是他们的领头雁，也是从事这个行业的佼佼者。村子里很多老人聚在新建的文化中心和我们谈到变化时，都不无感叹地赞扬这些年轻人敢闯敢干的劲头，也谈到他们"开荒拓地"的大无畏气概。有个略通文墨的老者在与我座谈时还很形象地把小岭年轻人的作为称为：小岭精神。这体现了老人们内心的骚动和自豪，"还望子孙贤"的热切期盼。从另一个角度看，小岭年轻一代睿智灵巧的心智也是可圈可点，值得浓墨重彩大书特书的一笔。

讲了这么一大段，我们不妨又回过身去，再度从小岭村的古纸篓中寻找一些答案来解释小岭村新一代的作为。在说到小岭村一分为三、脚踏三县时，还有几个俏皮的故事。这个村，划割三块，一块归丰城县，一块归高安县，一块归新建县。这是村里上代足智多谋的体现。不论是清廷还是在民国时期，官府来村中巡察，要是丰城的巡检来捉赌，他们就把赌桌抬到新建地界；新建县衙派员前往小岭捉赌，巡检人才到，赌桌儿早就搬过了地界。豪赌者在丰城地界赌红了眼，在巷子里动拳动脚，新建的巡检们也拿他们没办法，只看着那些赌徒打闹干着急。甚至有时赌徒醉红了眼，胆大妄为，内中有那不怕惹事的，不知死活的还要戏弄新建巡检差官们一番，把差官巡检们气得只差没吐血。

旧时这条隔巷，也成了不少躲壮丁的男子的避风港。假设今年新建县要来小岭抽壮丁，村子里有年轻儿子的人家，即把户口临时上到巷子南边的户口上去，你说抓吧，其户口不在籍；你说不抓吧，这小岭村的壮丁总得有人去当。实在没有办法，村里的里甲长、保长们便凑在一起计议，请县里来的巡检们到西山万寿宫附近，见着外地来的年轻香客，抓几个凑人头数。村里凑些银子，将巡检们灌得昏天黑地，巡检们长链子锁了几个人回衙，管他是不是小岭人，只要是人就好办。喝个酒醉饭饱，收了几个碎花银子红包，也就兴高采烈牵着壮丁，回县衙交差去了。

金银作为一种贵重金属，千百年来，一直受到人们的器重和喜爱，民间众多百姓都把金银饰品当成珍宝收藏。小岭人在金银器中变本求利，在撒网形的分布结构中，形成一个大的产业链。走南闯北的拓展，聚集成他们特有的体系和效应。众多的小岭年轻一辈选择金银器经营作为自己的职业，很大程度上注定了小岭前行的脚步。在村子里，不少老年人都众口一词地称赞年轻人脑子好用，跟得上时代步子，求新思变。

小岭村的大势决定了人们的参与程度。从众心态的步履使众多的私营、民营、个体在一个特定的空间，迅猛扩张。一个家族占据一座城市，瞄准闹市、人流量大的区域，插花布点，以龙头带龙尾，兄弟店、兄弟富；姐弟店，姐弟富；父子店，父子富……门店招牌不同，但家族间的互相照料，互相牵带，扭结得极为紧密。利大利小是各人遭际，得到的认同感加深了家族情谊。有的家族，几十个人在一座城市中不断扩容，不断拓展，几乎垄断了一座城市的金银销售。个人的价值、家族的价值，体现的是小岭精神。小岭村就在这样看似无声无息，却是轰轰烈烈的造势中成就大业。

岁月给了小岭人最好的回答，历史给小岭村留下了精美的一页，特性与个性的张扬，造就了小岭村的风花雪月，金子般的成果凸显出小岭村人的智慧和敏锐。几十年的历程在历史的长河中或许就是一瞬间，但是瞬时的光亮却让人觉出其留下的耀斑。

每年以亿作为计量的财富收入，使苍老的小岭村重放异彩，小岭的路宽了，小岭的路灯亮了，文化氛围也开始注入村中显要位置，一座雄伟的文化会堂盖过古老祠堂的势头，显示出小岭村的勃勃生机和无穷活力。

小岭村在新的历史时期，迎来了新的复苏，一个百花争艳的春日景象正悄然在这片小山凹中升腾。

三十二、但得春笋满山香

石岗的土地，不仅生长苍劲古朴、端庄挺秀的香樟树，而且喜长翠竹。走进大山中，林风水茂，翠竹拔地而起，青翠浓郁的修竹，成就了大山的气势。众多的石岗人，也以竹状人，以竹之性、竹之气、竹之灵、竹之狂，倚山造势，成就着石岗的另类风景。岁月让这片风景绿中透红，折射出千姿百态的美丽。点缀这片绿色的人，经过岁月的磨砺，得到老天的眷顾，成就了自己的一方天地。石岗的金银手工艺，经过一代代的传承，也似这竹林一般，一根竹子满山笋。

在石岗，翻开每个家族的祖谱，谈到他们的生存历程，几乎都与金银手工打制技术有过千丝万缕的联系。

石岗街上的余家，是个世家大族，人口众多，旧时都把手工金银打制当成谋生手段。不少人挑着金银挑子出门，走村串户，登门入室，沿村吆喝，捡些小生意，做些女人头饰、身上挂件，赚些零毫子，积聚财富。余家余章华就是其中一位。他早年从师学艺，很有恒心。打金制银，靠的就是一根吹筒。为了掌握这门独特的手艺，他每天都打好一盆水，将头浸入水中，屏息闭气，苦练内功。每次进水出水都有师傅在旁监督，头稍微抬早一点，师傅的鞭子便上了身。每天练习吹气、换气，脸蛋和水打交道都得上个时辰，歇不歇下，还得看师傅的脸色行事。师傅领首，方敢作罢。余章华辛苦一辈子，辗转于湖南、江西，待到他出道上柜时，正好解放。幸得赛银厂在改革开放的春风中吹开金银花，让余章华的艺术生涯重焕光芒。他带了自己的三儿子余艳生进厂入股，成了赛银厂有名的技师。名师出高徒，这之后，他是桃李满天下，成了人们敬重的余师傅。

余家也在余志华的谆谆教诲下，家族中人才辈出。余家余建安的儿子余立新在石岗街上开店营生；余立新的弟弟余立生、余立岗在河南宁保做金银生意，很有些功业。

余章华的另外两个儿子余艳生也在石岗做金银生意；余菊生在贵州做金银加工业务，至今已有三十余年。

余志华有四个儿子，九个孙子。其中有八个人——余立新、余立兵、余立生、余立刚、余立强、余立勇、余卫兵——对黄金、珠宝、玉器都有很高的认识，得到了真传。其中余志华的外孙熊卫国在江西省南昌市长运开了一家760平方米的个人顺金珠宝店；余志华的孙子余立新在南昌市新建县石岗镇开了一家金银加工，两个弟弟余立生、余立高在河南省也开了两家金店；余立兵在深圳自营了一家金店；余立勇、余卫兵、余立武也在南昌市顺金珠宝店从事珠宝、钻石、翡翠业务，任顺金珠宝店业务经理。余志华的孙子余立兵与余志华的外孙熊卫国是余家新一代的代表人物，凭着胆识和勇气，他们走江达府，早年在陕西的西安、宝鸡起步发脉，那时，当地的金银加工经营生意才刚刚起步，表兄弟两人的生意十分火暴。赚了第一桶金后，两人又合计向沿海发展，在深圳和珠海大展宏图。金银加工经营让他们实现的不仅仅是个人的财富梦，更重要的是实现了自己的人生目标。现在他俩都已成为资产过亿的商海巨子。

余立兵、熊卫国经营金银生意的技巧十分独特，在深圳这个大商圈内，他们把目光盯紧一线商场，哪个商场生意红火，他们就抢占先机，抢占码头，在商场内承包最好的档位填充自己的金银经营店。在做好深圳经营的同时，他们还把目光转至南昌，在长运汽车站挂起了一块"老天宝顺金珠宝店"的招牌。连锁经营的模式大大拓展了两位商贾的经营空间。

石岗赛银厂走出的学徒几乎都十分了得。作为一个练兵场，一个训练基地，赛银厂成就了石岗新一代金银匠的梦想和希望。老厂长余浩然最大的贡献之一，就是在发展赛银厂的同时，不遗余力做好银匠技艺的传承。厂里的每个师傅都收徒学艺，这一招既出，就培养出几十位师傅，这些小师傅后来又自传手艺。徒子徒孙成就了石岗金银器经营的大势。余浩然的侄孙余长水就是其中一员，年轻时，他跟着在赛银厂当学徒出身的姐姐，也就是赛银厂的第一批小师傅后面学手艺。

待人真诚、头脑灵活的余长水，倒真有几分儒商的味道。说到生意经，一套连一套，文绉绉，底气十足，就连孔圣人的之乎者也都用了个透彻。他的一句至理名言就是：用心去做生意。一个心字，代表了他的良苦用心，也代表了他的经营理念。尽管他的生意做得风生水起，但他仍然抱着"小善即良，小富即安"的想头，在经营中不与民众争利，不与顾客抢头寸。他甘居于上饶这个小城市，成就自己的梦想和理想。他认为小城市也会有大作为，事实也证明了这一点。余长水的选择让他寻找到了一方宝地，成就了人生梦想，成就了他的儒商情怀。

石岗经营金银产业有成就的，莫过于夏木龙了，他在经营中精打细算、精细做事、大气搏事，把产业做得如行云流水，他常常挂在嘴边的口头禅就是：我的钱不是容易赚来的。夏木龙的经营之所以取得好业绩，是和他的经营方式、经营理念分不开的。最重要的是，信誉第一，假一赔十，店大不欺客。在湖南长沙的地方，夏木龙的经营声誉如日中天，聚集了大量人气，门庭若市，高潮迭起。他把金银生意做到极致，其所开创的一系列经营方式、经营流程，至今仍是人们仿效的范本。

从石岗大桥，经锦江北岸上溯，行走不到两公里，有一个名叫上坪的小村。虽然村子不大，村子里的留守人员也大多为老弱妇孺，村子里似乎显得冷冷清清。但这个村的地气相传，风水尤胜，似有藏龙卧虎之势，很得天时、地利、人和之妙。改革开放后，随着金银业市场的开放，这个村子里的村民几乎倾巢出动，"轻骑部队"、"铁甲部队"、"蛟龙部队"，转战南北，屡建奇功。银匠世家的好传统在新时代得到发扬光大。一个小小的村落，几百人口，就有一百多位男子汉携了家眷，在祖国的大江南北大显身手。上坪也和小岭村一样，成为石岗地区的金村银村。

上坪村的老人们谈到自己的后辈，几乎人人都有种荣耀感，衣食不愁的生活让他们竖起大拇指，毫不掩饰地夸赞自己的后辈。荣宗耀祖、光耀门庭的岁月，让老人们脸上多了些笑靥，也多了些骄傲。生活的新鲜灵动牵动了这块土地上的人们的乡情，故土情怀让每年的春节成为点燃香火传承的生命之火。上坪村人在经营金银中收获金银至宝，也收获了道德文章、家道伦常。

上坪人醉了，醉在幸福生活的通途中。

未完的叙述

三十三、春去春来尤春色

结束石岗逗留的行程，告别采访过的那一个个小山村，我好像有一种依依不舍的情愫在心底荡漾，流连于小山冲、云雾间，一股清新气息沁入心肺，眼前一片绿意盎然，置身其间，心中油然而生一片春意。一种挥之不去的思绪总在脑海里萦绕，心胸被采访过的一个个人物所占据，成为一份份十分珍贵的石岗记忆。石无声、岗有情，抬眼四望，山峦起伏间，似乎多了几分情延心展的荡气回肠。天还是这个天，地还是这块地，可它生长的念望却串成一个个美丽的蝴蝶结，联结着历史，也映衬着现实，成为生存的骄傲。

生活在进化中一天天改变，没有改变的是这大山中漫山遍野的绿，尽管年年月月绿的程度不同，尽管这山间有的去处还见些贫瘠，这些于生活的节奏好像多了些关联，因为大山中的种绿人正在更宽泛的领地进行拓展，绿色成了石岗人不可或缺的生活支柱。其象征意义已完全与这山之绿、水之绿大相径庭，按照五行理论，木生火、火生土、土生金、金生水、水生木，金克木、木克土、土克水、水克火、火克金。我感觉这五行说，从另一个角度理解，好像就是人类赖以生存的金项链，其链生生不息，成为一种常态，引领着人去为自己的生存找到最佳方式。地域的水土养育着人不同的性格，也标注出每个人在生存链中穿梭行走的足迹。大自然为人提供了如此丰富的生活内容让人安身立命,提供了如此丰富的宝藏让人去发掘。使命和担当、责任和义务给予石岗新的生命内涵。徜徉在如此充满灵性的山水间,我常常身不由己地、发自内心地迸发出一股激情。把这样一些并不十分起眼的小人物写进石岗的银器史,我想,这也许是对历史的一份交代。无意于千古留名,而仅仅是用自己的呼吸和手的舞动来刻画年轮,石岗人做的是那样勤恳,那样精雕细刻,那样精妙绝伦,这也许就是我动笔开篇的初衷。人的感动存储于人间。也是自身能量的积聚。从银器中传导的先人的体温,编织成石岗今日的现代梦。石岗人所有的智慧和才华都在这一件件精美的雕琢品中得到映照。

记得我在石岗镇往东方向落脚于保卫村,察看村中的三仙祠内一件铁铸香炉时,曾发出由衷的感叹,在这件铁香炉上,每位虔诚侍佛者都将自己的名字镌刻其上。我想,这绝非是一种对宗教的虔诚,这里也隐含着人们对金银铜铁等贵重金属的向往和追求。男戴观音女戴佛,石岗人的银器将乡俗的含义阐释得淋漓尽致。这口香炉乃康熙年间铸造,其工艺虽不说有怎样的复杂,更不要说有如何的精美,表面看似乎还有些粗糙,其内在人文价值却足可以见证石岗的一段历史。在源远流长的岁月中,人们对金银等贵重金属的依赖、崇拜,成就了异常繁复的日常祭祀礼仪。每一个具有千百年历史的家族,具有相对稳定的居住环境,甚至在短暂的迁徙后又似如候鸟一般,飞往遥远的地方又回到自己的窝巢,反复地、重复地做着自己寻找宝藏的梦，这就是石岗地区代辈相传的风俗淳厚的底蕴，孜孜以求为生活解套的坚毅意志和自强不息。

我又得把话题转向那口铁香炉了。我似乎看见了袅袅升腾的佛事青烟，一张张朦朦胧胧的脸仿佛在祈祷着同一个念想，传承家族的荣光。用自己的智慧打造重金属王国，打造银器王国，让这门古老的吹金术成为石岗人追寻富裕的梦想，将银器的光芒普照人间。亦农亦工的石岗人，在长久的岁月里，就是这样跪拜于神灵的面前，去叙说着一句句既遥远又触手可及的谶语，用特殊的方式诠释刷新祖宗留下的遗训。这不是简单的复述，也不是敷衍塞责的应付，说白一点，是用心血和汗水浇灌的铁树银花。石岗地区有俗语：穷不靠亲，寒不靠灯；成名每在穷苦日，败事多于得意时。就是教育子弟命运的改变得自己努力，越是穷困，越能够激发人的进取精神。胜不骄，败不馁。人在追求生活真谛时，度过了漫长的岁月，用痛苦和挣扎去约束贪念，教训与经验交织成了生命的信条。很多石岗人为此多了几分自豪，甚至引以为荣，就是深知这些信条的来之不易。

锦江的水，每天都在悄无声息中流向赣江，经鄱阳湖，与长江交汇，成为时代的洪流。石岗人也似这锦江之水，默默无闻地从水边出发，过三江，达五湖，在全国各地生根、开花、结果。清纯的锦江水，生成了纯净的乡俗，也生成了一大批讲诚信、守信用，把操守放在第一位的师兄师弟。水在波峰浪谷中行走，人在江湖中行走，金钱也许是人的一大享受，但不是上佳享受。

把自己定位于一个高尚的人，智慧的人，石岗人毫不犹豫地把自己打制金银得来的收益回报给社会。有时他们中的某一位也会被利欲之风吹得昏天黑地，不辨东西，甚至在金钱的诱惑面前打败仗，成为金钱的俘虏。但更多的人、更多的匠人、更多的匠人家族，那种对艺术的追求、对技艺精致的追求，那种不屑于物欲的率真态度，几乎涵盖了整个石岗的银器史。

初升的太阳，照在锦江河上，波光粼粼、金光灿烂。锦江在大自然的妆扮下，成了一江金水。日月昭示着一条长长的水路，追赶潮头的石岗人总是以百尺竿头更进一步的雄心，一直孜孜不倦地追波逐浪，在财富的海洋里淘金漉银。金钱的梦想没有带来骄宠，只有不息的向往。也许这其中有不少的大款、有不少的亿元户、不少的财富实践者，他们所受的时代熏陶，于素质、于智慧、于才华、于能力，都有了大踏步的飞腾。不过，每当我与石岗人谈起这一切时，他们都会谦恭地表示：这仅仅是走出石岗，跨过了锦江这条小河，不值得任何的渲染，由不得大调门的喧哗。只要自己有了在大江大湖遨游的经历、体验，有了与时代共一个步伐的回报。金钱的多寡，仅仅是一堆数字而已。

小荷才露尖尖角，早有蜻蜓立上头。春的历程开始了，汹涌澎湃、波涛滚滚的大潮还会远吗？

石岗的故事讲了这么多，石岗人的传奇经历填充了这本书的页码，但是，当我回眸石岗的山水，我实在觉得还没有读懂她、读透她，还有许许多多的关于石岗的絮絮叨叨的话语没有开讲，还有许许多多石岗人的非凡生动故事没有在这本书中显现。我深知自己考察的浅显和单薄，没有能把石岗金银匠们的智巧、灵动放到更加宽泛的领域去描写，放到更高的层次去描写，愧对这片土地、愧对生活在这片土地上的人们、愧对那些艺高才溢的金银经营业者。生活没有止境、笔墨也没有干涸之时，但愿这本书能成为我心灵的映照，也便知足了。

石岗人打制的银器不会说话，可这是灵物，不说话的灵物。

图书在版编目 (CIP) 数据

银的镇/陶江著 . —— 北京：生活·读书·新知
三联书店，2014.4
（走向田野）
ISBN 978-7-108-04859-2

Ⅰ . ①银… Ⅱ . ①陶… Ⅲ . ①散文集 – 中国 – 当代
Ⅳ . ① I267

中国版本图书馆 CIP 数据核字 (2014) 第 024199 号

责任编辑　伍　众
装帧设计　薛　宇　张　红
责任印制　卢　岳
出版发行　生活·讀書·新知 三联书店
　　　　　北京市东城区美术馆东街22号
邮　　编　100010
经　　销　新华书店
网　　址　www.sdxjpc.com
排版制作　北京红方众文科技咨询有限责任公司
印　　刷　北京市松源印刷有限公司
版　　次　2014年4月北京第1版
　　　　　2014年4月北京第1次印刷
开　　本　635毫米×965毫米　1/16　印张 16
字　　数　150千字　图片14幅
定　　价　35.00 元

（印装查询：010-64002715；邮购查询：010-84010542）